inspirações
poéticas
II

CB060199

organização de
Lura Editorial

inspirações
poéticas
II

Copyright © 2024 por Lura Editorial.
Todos os direitos reservados.

Gerente Editorial
Roger Conovalov/Aline Assone Conovalov

Coordenação Editorial
Stéfano Stella

Preparação
Débora Barbosa

Diagramação
Manoela Dourado

Capa
Allora Artes

Revisão
Mitiyo S. Murayama

Todos os direitos reservados. Impresso no Brasil.
Nenhuma parte deste livro pode ser utilizada, reproduzida ou armazenada em qualquer forma ou meio, seja mecânico ou eletrônico, fotocópia, gravação etc., sem a permissão por escrito da editora.

DADOS INTERNACIONAIS DE CATALOGAÇÃO NA PUBLICAÇÃO (CIP)
(Câmara Brasileira do Livro, SP, Brasil)

I59
    Inspirações poéticas - Volume 2 / Organização de Lura Editorial -- 1. ed. -- São Caetano do Sul, SP : Lura Editorial, 2024.

    Vários autores
    192 p. 14 x 21 cm

    ISBN: 978-65-5478-154-1

    1. Antologia - Poesia brasileira, Prosa brasileira. 2. Literatura brasileira
    I. Lura Editorial (Organização). II. Título.

                                                  CDD: 869.908

Índice para catálogo sistemático
I. Antologia - Poesia brasileira, Prosa brasileira : Literatura brasileira
Bibliotecária Janaina Ramos – CRB-8/9166

[2024]
Lura Editorial
Alameda Terracota, 215, sala 905, Cerâmica
09531-190 - São Caetano do Sul - SP - Brasil
www.luraeditorial.com.br

POESIA É VOAR FORA DA ASA.[1]

Manoel de Barros

---

1 **BARROS, M.** Poesia Completa. São Paulo: Leya, 2011.

Sumário

PARA FAZER DE TI, POESIA 16
   Alberto Lacerda

CANTO CHORANDO 17
   Alessandra Rosário

MAQUIAVÉLICOS 18
   Alexandra Godoy

ENTORPECIDA 19
   Alexandre Perobelli

ESPERANDO NA JANELA 20
   Aline Maestro

VINHO DA ESPERANÇA 22
   Amanda Moura

NAS CALÇADAS DA VIDA 24
   Ana Cordeiro

ATOS E FATOS 25
   Ana Cristina Ben

O MILAGRE DA TRISTEZA 27
   Anderson Borges

AINDA DÁ TEMPO DE VIVER UMA VIDA DECENTE? 28
   André Machado de Azevedo

O TEMPO 29
   Andremis

DEIXAR A VIDA DERRETER NA BOCA 30
   Anna Beatriz Rodrigues

CONTINUIDADE 31
DECLARAÇÃO 32
   Antônio Barbosa Filho

SEMPRE 33
DOR 34
    Arthur Blade

PERMITA-SE 35
    Bete Pereira

MORTE E RENASCIMENTO 36
    Albilene Maniero Garcia

SÃO PAULO 37
O AZUL DO MAR 38
    Bruna Aparecida

SE NÃO FOSSE POR ELE 39
    Camila Pignonato

A VIDA DO PÁSSARO 40
    Camilo Bádue

SAGAZ 41
    Caroline de Carvalho Souza

ELLI 42
    José Paulo Castro de Souza

ROLAND JUNIOR 43
    Celi Terezinha Wolff

A MORENA DE OLHOS VINCADOS 45
    Charles H. Oudream

ESPECTROS 46
    Charlotte Dominick

TU ME OLHAS 47
    Chayah Zayt

NÃO OUÇO MAIS NENHUMA VOZ 48
    Chico Jr

TEMPO 50
    Cindy Harada

TEMPESTADE 51
MINHA CASA, MEU MUNDO 52
    Claudia Maria de Almeida Carvalho

MORRER DE PALAVRAS **53**
  Cleuma Almeida

SOU UM ANIMAL **54**
  Conceição A. Giacomini Soares

A LEVEZA NO OLHAR **55**
  Daly Nascimento

MONITOR DA VIDA **56**
  Davi O. Alves

A PORTA VERMELHA **59**
  Débora Sestarolli

AO SOM DA TUA IMENSIDÃO **61**
  Débora Cristina Albertoni

QUERIA SER **63**
  Denise Chaves

FIGURAS DE LINGUAGEM **64**
  Eder Diniz

O CASULO DA LIBERTAÇÃO **65**
  Eduardo Otávio Góis

UM OLHAR ATENTO **67**
  Eduardo Worschech

UM LUGAR SEGURO **69**
  Elaine Chagas

LAÇOS SENDO DESFEITOS **70**
  Elini Mendes

METAMORFOSE **71**
  Elisabete Pereira

A FLOR DO CÉU **72**
  Elísio Gomes Filho

A FÚRIA DES INDESEJADES **74**
  Fábio da Silva Sousa

SIM **76**
  Felipe P. Altieri

NOSTALGIA 78
　Fernando José Cantele

ESTRAGUEI TUDO COMO SEMPRE 79
　FF

O ECO DAS PALAVRAS 80
　Gabriela Oliveira

GUERRA INSANA 82
　Gaspar Bissolotti Neto

POEMA PARA UMA PESSOA ESPECIAL 83
　Georgia Memari Trava

O SENTIDO FAZ SENTIDO? 85
　Geovanna Ferreira

INSTINTO 87
　Gil Lourenço

PANDEMIA 88
　Giovanna Barros

AMOR PLENO 89
　Giovanna Leite

UM SER REAL 90
　Hilda Chiquetti Baumann

MINHAS MÃOS 91
　Hilda Przebiovicz Cantele

COMO SE FORA MEU PAI 92
　Ivan Lyran

CASACO DE RETALHOS 93
　Jane Barros de Melo

A MENINA DA VILA 94
　Jéssica Machado

ESPERANDO A LUA 95
　José dos Reis

BAR BEIRUTE 96
　Julia Tania Dantas

SAUDADE NÃO TEM SINÔNIMO 97
  Júlio Cepera

MEMÓRIAS EM UM OCEANO 98
  Kamilla Gonçalves

A DOR 99
(IM)PERFEITO 100
  Karina Zeferino

ABISMO INTERIOR 101
  Kathia Bonna

MEU QUERIDO! 102
  Laura Ferraro

FOLHA SECA 103
  Leandra Novochadla

NO CANTO DAS CANOAS 104
  Leilda

MÃOS ENTRELAÇADAS 105
  Lenir Santos Schettert

DESPEDIDA 106
  Leonardo Policarpo

DEPOIS DE VOCÊ 108
  Lilium Batista

POEMA NOSTÁLGICO 109
  Lorrany Viana

REBUSQUES 110
  Lourdes Cordeiro

ESSÊNCIA 112
  Luan Jesus LJ

O ENCANTO DA POESIA 113
TALENTOS JUNDIAENSES 114
  Luan Mendonça

DELÍRIO	115
ALMA DE POETA	116

    Lumalu

FIQUEI	118

    Ivone Zanella Cordeiro

REFLEXOS	119

    Mácio Machado

CONTRADIÇÕES, CONFLITOS E DÚVIDAS	121
O DIA MAU	123
O AMOR	125
JANELA DO CORAÇÃO	126
FAZENDO POESIA	128

    Magno Dias

DOUTOR POETA	129

    Maldireno Francisco de Almeida

A FLORZINHA AMARELA DA COVA 922	130
CONCRETO	131

    Manuela Romeiro

REFLEXÕES ENTRE A VIDA E A MORTE	132
O DIA EM QUE O AMOR MORREU!	133

    Marcelo Martins de Lima

LUZ DA VIDA	134

    Maria de Lourdes Rodrigues Veloso

LIBERDADE E CÁRCERE	135

    Maria José do Nascimento

O GRITO DA ALMA	136

    Mariana Moraes

AO DESPERTAR	137
A PRECE	138
DEDO DE DEUS	139

    Marie Oliveira

INVERNO	140

    Marilu F. Queiroz

PARA CORA, DE TUA PUPILA 141
    Marina Arantes

CANÇÃO DE AMOR 142
    Martha Cardoso

O VOO FATIADO 143
    Max Raposo

ALMA ESCRITA 145
    Mel de Abreu

QUANDO EU PERDI A POESIA 146
    Murici Criscuoli do Prado Flores

OSTRAS 147
    Natália Gabriela Boratti

MEU CANTINHO 148
    Neusa Amancio

SAUDADE! 149
    Neusa Amaral

ALENTO 150
    Patricia Nogueira Gomes

ALMA FAMINTA 151
    Paty Froelich

SEDE DE TI 152
SANTIDADE 153
REFÚGIO DE MINH'ALMA. 155
    Pedro dos Santos Ribeiro

AGORA MULHER 156
    Queilla Gonçalves

PROTAGONISTA 157
    Rafael Farias

ACREDITAR 158
    Rafaela Marina

INQUIETUDE 160
    Rafaéla Milani Cella

SIM, SOU EU	161
Renata Lodi	
EU VI	162
Roberta Fernandez	
HÁ FRIO LÁ FORA	163
Ródio	
JÁ NÃO SOU	164
ENVELHE/SER	165
Rogener Santos	
NANO	167
Ronaldson/SE	
COTIDIANO	168
Roni Aramaki	
AS COISAS ESTÃO... SIMPLESMENTE	169
Rosana de Andrade Guedes	
MARQUE UM ENCONTRO COM VOCÊ	170
SORRIA PARA A VIDA	171
Rosane Landeiro	
SOBRE A FLOR DE LARANJEIRA	172
Rose Chiappa	
FICA COMIGO!	173
Rosilene Rocha	
ÁGUIAS	174
Rosimayre Oliveira	
O SILÊNCIO	175
Salete Maria Mattje	
SEM PIEDADE	177
AMOR INFINITO	178
Samu Franco	
PEQUENO GRANDE PRÍNCIPE	179
Sandra Memari Trava	
A ROSA	181
Sílvia Lalli	

QUERER 182
    Suamid Milen

EM EXPOSIÇÃO 183
    Suênia Livene

VEREMOS! 184
FLOR-ESTA: MULHER! 185
PRISMAS 186
    Teresa Bz

O HINO DO SAMBA 187
    Thamires Borges do Nascimento

SAUDADE REPENTINA 189
    Valdimiro da Rocha Neto

MIGALHAS 190
    Vera Oliveira

NAMORADOS 191
    Weverton Notrevew

Para fazer de ti, poesia

ALBERTO LACERDA

Primeiro, foi de repente
Encontro inesperado, coisa de momento
Depois, surpresa boa. Desejada.
Puro alumbramento!

Hoje, o ar no peito, contido
Por covardia ou educação
É desejo controlado
Trem que não sai da estação

Com a pena na mão
memorizo cada traço
Nas mesas, conversas frívolas
um suspiro, um abraço.

Imaginei-me nau em mares outros
Por devaneios ou sonhos quaisquer
O bar, o vinho, a cama
Ou convite pra café.

E se, no momento, impossível for
por mais distante geografia
Invento céus, mares, motivos
Para fazer de ti, poesia.

Canto chorando

ALESSANDRA ROSÁRIO

Ah! Às vezes cantamos
Às vezes choramos
Cantamos canto de alegria e tristeza
Choramos choros de excitação,

Mas o que nos move?
Cantos, choros,
Alegrias, tristezas...
Sentimentos que trazem,

Desassossego e sossego
Contornam nossas vidas
Num momento
De agonia,

Por fim, que:
Canto, choro,
Tristeza, alegria
Nos construa
A cada dia.

Maquiavélicos

ALEXANDRA GODOY

Nós humanos não aprisionamos os pássaros somente porque queremos cuidá-los e alimentá-los.
Mas no fundo por uma pontinha de inveja, sim, por não possuirmos a liberdade que eles têm de voar, nem sua leveza e beleza.
Somos assim seres mais maquiavélicos do que humanos, temos este instinto de desejar posse sobre tudo o que é livre, leve e belo.

Entorpecida

ALEXANDRE PEROBELLI

Eu estou tão alta
Que mal posso sentir
Eu estou tão alta
Que mal posso mentir

Eu estou tão alta
Que consigo até sorrir
Eu estou tão alta
É isso que eles chamam de curtir?

Eu estou tão alta
Não achei que algum dia eu fosse fugir
Querer estar tão alta
Para que, com o mundo lá embaixo, não ter que interagir

Eu já estou tão, tão alta
Que mal posso sentir sua falta
Que não consigo me importar com mais nada

Esperando na janela

ALINE MAESTRO

O vento sopra na janela
Uma canção de amor
A cortina movimenta
Vibrando luz e calor

Deitada no sofá
Meu corpo descansa
E num suspiro profundo
Retoma a lembrança

A canção de outrora
Da criança, do sorriso.
Tempo de esperança
Com pitadas de improviso

Vou cantar para você
Serei abraço, ninho.
E você, será passarinho.
Luz do meu caminho.

Te dou meu coração.
Abrigo, esconderijo
Cantarei uma canção
Para te ver sorrindo.

Pouse passarinho
Vem sentir meu amor.
Guarde todo meu carinho
Descanse um pouquinho

Sinta a brisa da estação
Conte segredos
Acalente seu coração.
Pode ir sem medo

Voe, voe menininho!
Estarei esperando próximo à janela.
No deleite das tardes de primavera
Tomando um delicioso chá de canela.

Vinho da esperança

AMANDA MOURA

Oh, que preciosa e angustiante oscilação
O inebriante esforço pela dedicação
Em sentir o doce e amargor da espera
Para aguardar o tempo de apreciar o vinho na bela primavera

Deu vontade da espera desistir
Tinha que podar, regar, cuidar e esperar fluir
Pois o verão acabara de chegar ali
O costume do rápido, prático e fácil fez o semblante cair

A seca do outono logo passou,
De feiura e sem fruto a videira se apresentou
Mas foi nela que a raiz se fortaleceu e aprofundou
Para resistir à próxima estação, sabiamente se preservou

Já estava anunciada a frieza do inverno,
Este é o trabalho que damos ao eterno,
Que insiste em misericórdia no seu ensino paterno
A nos instruir na bondade e perfeição de seu soberano governo

Ah! Não é à toa que há quatro estações
E todas elas, a glória do Criador, estão a proclamar
Na sabedoria que instrui pelas gerações
Descansar no trabalho do Senhor, e de Seu vinho novo, apreciar.

Agora, depois da espera o resultado do breve tempo
Estamos, com grande alegria, o sabor e a beleza a desfrutar
Pois dos céus estás ainda, derramando a todos do Seu unguento,
Em todas as nossas estações ensinando que tudo tu podes transformar.

Nas calçadas da vida

ANA CORDEIRO

Nas calçadas da vida
Hei de plantar poesias
Que florescem noite e dia
Estreladas de magia
Ah! Se eu pudesse encontrar
Nas desertas calçadas da vida
Felicidade e alegrias
Tão distante hoje em dia
Recuperar a magia
Das idas e vindas
Das primaveras
Ao longo das quimeras
E do entardecer dos meus dias
Partilhados com as minhas esperas
A contemplar o infinito tão distante
Nas calçadas da vida...

Atos e fatos

ANA CRISTINA BEN

É no sol de meia tarde,
no calor de um verão.
A cidade em pedra erguida.
Escaldante condição!

Debruçados na janela,
bela moça e beija-flor:
ele busca a camélia;
ela suspira de amor.

O rapaz na construção
vai sonhando acordado.
Finge estar com bela moça,
bem vestido e perfumado.

Num tijolo empoeirado dessa mesma construção,
pousa pomba a arrulhar,
bica farelo de pão
para o ninho alimentar.

Um filhote não aguenta,
desfalece no calor.
Já caído no asfalto,
alimenta o roedor.

Vento forte traz a chuva,
ameniza a quentura.

A camélia é arrancada;
vai-se a doce criatura.

Beija-flor não permanece,
voa em busca de um jardim.
Moça cerra a janela.
Mais um dia chega ao fim!

Operários cumprem turno
e vão pra velha estação.
Concluído seu dever,
garantido está o pão.

No ninho, os pombos dormem,
e agora falta um.
Logo todos vão voar,
nem lembrança irá ficar.

Foram-se embora os pombos.
A camélia sucumbiu.
Beija-flor fugiu pra longe.
A janela não abriu.
Sem sonhar, o construtor
vive o peso do labor.

Eis a prova, meus amigos!
Uma lei universal:
todo ato, todo fato,
para o bem ou para o mal,
gera ato, gera fato,
vertical e horizontal.

O milagre da tristeza

ANDERSON BORGES

Quando a carne devora a alma
Chega ao ápice da euforia
Oito vezes desde a chegada
Caindo em desespero tempos depois
Estragando a consciência.

Juntando e separando o que foi brasa
Até que o vento leva o pó
Que insiste em sujar o chão
No tremor dos dias que correm
Transportando pela eternidade o peso.

E desde então permanece no turbilhão
Descendo as escadas da própria vida
Que já explicada em partes lhe foi perdida.

Ainda dá tempo de viver uma vida decente?

ANDRÉ MACHADO DE AZEVEDO

Será que amor brota nestas terras, irmão?
Nem carece responder na mesma hora, não.
Porque geral sabe: afeto gosta de chão.
Precisa ser piso bonito?
Aquele tal granito ou mármore carão?
Isso é coisa de quem vive no asfalto, aquela gente que olha a gente do alto.

Anota: nas ladeiras costuma sobrar pouco tempo e pão.
Bebê aprende logo após cortarem o cordão.
Não adianta chorar, não: economiza água e o sabão.
Costuma faltar tudo no verão.
Amanhã é dia de labuta, reza ou oração.
O que salva este povo é achar que o sofrimento garante lá em cima o perdão.

Guarda teu pranto: teu prato pede coragem e feijão.
Ergue teu corpo cansado: são três horas na lotação.
Aguenta o tranco: ainda resta o sonho de acertar o bilhete do milhão.
Sonha apressado: gente do nosso quilate acorda cedão.

Termino meus versos no aumentativo pra ver se o universo concorda comigo.
Transforma essa monotonia em um vidão.
É pedir demais, irmão?
Tomara que não.

O tempo

ANDREMIS

Já faz um tempo
Que tenho conseguido
Ver as cores
Que me eram cinzas
Faz pouco tempo
Que a vontade
De viver
Me retornou
Faz um pouco de tempo
Que todo esse vazio
Se preencheu
Em mim
Há pouquíssimo tempo
A peça que carrego
De você
Me colou
Não faz muito tempo
Que eu ouvi
O canto dos pássaros
E sons e afins
Porque faz um tempo
Que eu entendi
Que a dor
Se dizimou

Deixar a vida derreter na boca

ANNA BEATRIZ RODRIGUES

Quero deixar o caos fora de mim.
A calmaria da minha alma
não combina com esse mundo acelerado.
Eu gosto de saborear a vida com lentidão,
deixar ela derreter na minha boca,
entender e reconhecer seus infinitos palatos.
Sem pressa.

Continuidade

ANTÔNIO BARBOSA FILHO

olha o tempo pra chover, que lindo
diz Aninha aos cinco anos
a mãe, aos quarenta, assunta e diz
ela aprendeu de mim a gostar do céu nublado
como eu aprendi de mainha
e orgulha-se
minha avó Dizinha, que beira os setenta e seis
me disse uma vez quando eu era pequeno:
Tó, toda vez que vir um céu de chuva
se lembre de mim, porque eu amo essas nuvens
subindo escuras ali atrás da serra
— como sei que a avó Pequena também amou até os noventa e quatro
e a avó Augusta antes dela.
é março, às vezes chove ao cair da tarde
e ainda verão a beleza disso por gerações

Declaração

ANTÔNIO BARBOSA FILHO

toma meu verso
meu jeito sincero
a vontade de você
que declaro ao universo

toma meu amor
meu calor
o desejo de compor teu caminho
em cor e flor

toma-me
e devagar, olha-me de novo
pronuncia meu nome
que o teu não sai da minha boca

Sempre

ARTHUR BLADE

... estranho, irreal, louco, violento e encantador.

Estranho pois não sou explícito.
Estranho por não ser ausente.
Estranho por ser único espontaneamente.

Irreal por estar além de mim.
Irreal por ser aquilo que desejam.
Irreal por estar olhando em seus olhos.

Louco pois a verdade sempre surge ao meu lado.
Louco pois vejo dentro de você.
Louco pois meu tempo é agora.

Violento pois sinto plenamente as emoções.
Violento por saber o que você pensa e vai pensar.
Violento por amar irremediavelmente.

Assim é, assim sou e pra sempre serei.

Dor

ARTHUR BLADE

        ... e então deixo meu corpo
    tremendo de frio
e entrego-me à dor dos sonhos...

Dor sem corte,
dor sem toque,
dor sem queimaduras ou lacerações...

Apenas dor... na mente.
Dor do limite do suspense.
Dor de emoções, prenúncios...
Dor de quase-morte.

Retorno para meu corpo suado,
      com o desespero ainda fervendo
          no fundo de meu peito.

E tento recobrar a consciência...
e tento lembrar que dia era hoje...
tento lembrar o que farei...
lembrar aonde irei...

E por uns instantes...
          ... também tento me lembrar... de quem sou!

Permita-se

BETE PEREIRA

Permita-se ser
Livre, leve, linda
Ainda que as pressões sejam muitas
Liberte-se, voe, voe alto, voe muito
Seja leve!
Ainda que as bagagens
Pesem muito sobre suas costas
Desapegue-se, jogue fora
Solte os lixos que travam seus movimentos
Seja linda!
Mesmo com o cabelo desarrumado,
Mesmo sem maquiagem
Ainda que o espelho mostre o contrário
Seja você!
Em qualquer situação
Viva!
Permita-se viver
Permita-se ser feliz
Permita-se romper seus medos, suas dúvidas.
Simplesmente, permita-se ser.

Morte e renascimento

ALBILENE MANIERO GARCIA

Na jornada da vida, a morte e renascimento se entrelaçam,
Num dia em que o véu da escuridão se desfaz,
Desperto para a verdade, vejo além da ilusão,
E compreendo que não sou prisioneira, mas, sim, filha de redenção.

A culpa, sombra do passado, não me pertence,
Imputada por outros, mas não sou dela refém.
A vergonha, carga imposta, não é meu fardo,
Fruto de circunstâncias além do meu domínio.

E a dor, companheira constante, que permeava tudo,
Acreditando ser eu fruto do acaso ou mero acidente
Digo alto e claro: "Você não me define, não me possui,
Deus quem me formou, e isso foi de propósito!"

Chega o dia do sepultamento, sem aviso prévio,
Culpa, vergonha e dor são enterradas num ato decisivo.
Do túmulo brota o adubo, terreno fértil para Deus,
Cultivar em mim a essência divina, como sempre desejou.

Nasci para irradiar a luz do Criador,
Ele me moldou para ser mais do que um mero espectador.
Inocência, liberdade, satisfação são minhas aliadas,
Jamais serei escrava das sombras, pois nasci para amar e voar deslumbrada.

Assim, ergo-me das cinzas, renascida e repleta de favor,
Pronta para voar nos braços do Senhor e do amor.

São Paulo

BRUNA APARECIDA

A cidade que nunca dorme
De dia um lixo
E de noite o luxo
Tenta encobrir a pobreza
Que domina a nossa cidade
As ruas escondem histórias
Mas muitos são esquecidos
O anoitecer vem
E enquanto uns dormem
Em suas casas aquecidas
Outros morrem nas ruas...

O azul do mar

BRUNA APARECIDA

O mar
Tão belo
Mas tão sombrio
E cheio de mistérios
Na imensidão do azul
Me perco em meus pensamentos
Quero encarar teus perigos
Abraçar tua solidão
Pois tua beleza obscura
Me encanta

Se não fosse por ele

CAMILA PIGNONATO

Ah, o meu "trabalho"
Se não fosse por ele, nem abriria os meus olhos
Tampouco me espreguiçaria no colchão
Nem lembraria os meus pesadelos
Muito menos pentearia os cabelos
Sequer colocaria os meus pés no chão

Ah, o meu "trabalho"
Se não fosse por ele, nem levantaria da cama
Tampouco escovaria os dentes
Nem tiraria as minhas remelas
Muito menos abriria as janelas
Sequer tomaria um bom café quente

Ah, o meu "trabalho"
Se não fosse por ele, nem tomaria um banho
Tampouco assoviaria qualquer canção
Nem me olharia no espelho
Muito menos apararia os meus pelos
Sequer me assanharia em sair do roupão

Ah, se não fosse por ele
Arrancaria do meu relógio os ponteiros
Cobriria a minha cabeça com o cobertor
Berraria me sufocando com o travesseiro
Ignorando o grito do despertador.

A vida do pássaro

CAMILO BÁDUE

Mãe-Terra, Terra-Mãe
Uma, gera todas as vidas
Outra, guarda todos os destinos
Todo pássaro tem que pousar

Todo pássaro tem que voar
A Mãe-Terra o fez assim
A liberdade de viajar
Terra-Mãe sabe o seu fim

No vazio ele voa
Se deslumbra com a beleza
Mãe-Terra o enfeitiça
Terra-Mãe lhe faz surpresa

O vazio é parte do pássaro
No vazio, Mãe-Terra vive
O galho é parte do pássaro
No galho, Terra-Mãe o exige

Entre mães é a vida do pássaro
Às vezes céu, às vezes chão
Uma, sólida certeza
Outra, eterna ilusão

Sagaz

CAROLINE DE CARVALHO SOUZA

Aquela pérola escapou de suas mãos.
Ao seu lado, pelo menos sete pessoas tentaram agarrá-la, mas o pequeno objeto desviava das digitais de todos aqueles seres como se tivesse vida própria.
Na casa de aconselhamento, lhe disseram para esperar um pouco; se a pérola escapou com tanta vida, é capaz que voltasse tão rapidamente quanto.
Daquele dia, passou a preparar-se a cada manhã para sua volta. Religiosamente, talco nos dedos, sapatos antiderrapantes e treinos de agilidade, mas passaram-se dias e nada aconteceu.
A pérola tinha partido de vez. As mãos cheias de talco não seguravam nada que passasse sem deixar marcas digitais sujas, e as pernas cansadas não aguentavam mais esforços.
Havia o capim-limão das árvores noturnas e noites de ventania, quando enfim ergueu as mãos ao céu e o vento passou.
Catou uma flor da árvore e a segurou ao peito. A pérola não voltou, mas fincou-se em sua cabeça.
Ainda bem que havia o capim-limão.

ELLi

JOSÉ PAULO CASTRO DE SOUZA

(Minha esposa amada: Elli Frech de Souza)

E de Esperança
E de Elegância
E de Espontânea
L de Liderança
L de Linda
L de Liberdade
L Continua sendo Linda
L de Lindeza
L de todos os L de bom que existe
I de Inteligente
I de Imortal
I de ...
Simplesmente:
TE AMO

Roland Junior

CELI TEREZINHA WOLFF

No dia seis de novembro, um pouco antecipado,
Você chegou, já pressa de vir ao mundo, você demonstrou
Com assistência de tua madrinha,
Na maternidade a todos encantou...

Tua mãe preocupada ficou,
Considerando que você era prematuro,
Tão pequeno e magrinho,
Acompanhamento médico logo solicitou.

Canoeiro você chegou!
Por um bom tempo como canoeiro viveu...

Das canoas gostou,
Por vários mares, remou
Com animação, viajou...

Tinha pressa de remar,
Aproveitar cada instante,
Para mais mares conquistar.

Em um dia, ainda bem cedo
Saiu a viajar,
Sem aviso, sem despedida
Sem saber que não ia mais voltar...

E assim partiu,
Para uma viagem sem fim,
Deixando para trás
Tudo o que tinha aqui.

A morena de olhos vincados

CHARLES H. OUDREAM

Quanta seriedade nesse rosto
Qu'expõe ao mundo quando passa!
Quem vê, crê inalcançável o enlaço;
Mas, quando me afundo em teu olhar,
Certifico-me que é o extremo oposto:
Exibe tua força, pois não és caça
Deste mundo cão. Teu peito é de aço:
Reveste o coração tão sofrido de se apaixonar.

Ao ver-te passar com tanta seriedade,
Surpreendo-me em ver em tua face curvas,
As quais se acentuam, quiçá,
Quando nos contempla com sorriso.
Quisera que a atual sociedade
Te poupasse de labutas tão turvas;
Assim se daria ao luxo de nos atiçar
Com teu encanto que empeça em riso!

Quantos corações não arpoaste
Com tua mirada, quando moça?
Quantos amores não registra na memória
Dos tempos que não devia nada a ninguém?
Vejo em teu olhar a prova de su'arte;
Embora creia estar no fundo da poça,
Desejo uma prova da deliciosa glória
Que teu beiço tanto mostra que tem!

Espectros

CHARLOTTE DOMINICK

Somos espectros de uma felicidade não vivida.
Somos vítimas de um beco sem saída.
Somos atores de vidas obscenas
Somos ávidos por existências mais amenas.

Nessa busca infante pela real felicidade,
Nossa alma vai sendo devorada com tal voracidade,
Que não sabemos o que vamos dispor
Se o que vai sobrar é carinho, ódio, dor ou amor.

A cada dia decidimos em mais um passo
Que a via mais segura é a que se apresenta como laço
Uma fita que conduza a saída dos labirintos.
Não importando o quanto de lá sairemos famintos.

Apenas espectros de imagens que já foram vivas...
Plenas de luz e com cores brilhantes contidas
E que agora estão opacas e desfiguradas...
Como captadas por lentes embaçadas.

Somos espectros de um amor não vivido.
Um facho de luz transparente e sem colorido.
Um quadro que o Pintor esqueceu de finalizar.
Um sonho que, de repente, tivemos que acordar.

Tu me olhas

CHAYAH ZAYT

Ah! Quanta doçura em teu olhar
Os segundos que os nossos olhares se cruzam
Revelam o sentir...
Quanto calor você transmite através dos teus olhos
Quanto desejo revelam os teus olhos
Me permita mergulhar nestes olhos castanhos e me aquecer em ti
Transborda em mim o prazer em Te sentir
Me olha profundamente
Como se fosse percorrer sobre a minha pele feito raio laser.
Não tenho mais forças para evitar o sentir
Quero...
Além de mim, ter a Ti!
Amado meu!
Olhar radiante...
Penetrante...
Empolgante...
Te quero como uma gota no oceano a transbordar o ser!
Me olha...
Me contempla...
Seja o Teu o meu reflexo.
Olha-me!

Não ouço mais nenhuma voz

CHICO JR

Não ouço mais nenhuma voz.
Pelo menos hoje não.
A quietude compassa meu coração.
Estou a sós.
Comigo...
Aninhado em meu abrigo.

Da varanda eu escuto o silêncio que teima em ser interrompido.
Quando não é o vento que chacoalha as folhas do coqueiro.
É o canto do bem-te-vi, do sabiá, de um coleiro.
Um sorriso da alma quase dá para ser ouvido.

O ciciar de uma cigarra cutucou no meu ombro.
Ela queria compartilhar comigo o seu amor por uma linda esperança.
É que elas dão as caras por aqui em dezembro.
Eu ficaria assim, por horas a fio... as reverenciando.
Se não fosse pelo beija-flor a despertar-me com sua dança.
A ziguezaguear por entre as flores do boldo e do andu.

Eis que uma brisa sussurra o perfume dos angicos.
Inebriando dois tucanos a duelar, por uma fêmea, com seus bicos.
O pica-pau anão nem ligava para a briga.
Continuava em seu toc-toc-toc a se alimentar de formiga.

E assim, no remanso da minha tapera, me entrego assaz.
Ao exercício de não ouvir mais nenhuma voz.
Desfazendo-me em simplicidade até comigo estar a sós.
Vou bebendo dessa fonte em busca de um pouco de paz.

Tempo

CINDY HARADA

Ah, o tempo!
Ele corre
Não espera
Mas grandes coisas
levam tempo
e com o tempo
percebemos que
mesmo com os contratempos
Um novo tempo virá!

Tempestade

CLAUDIA MARIA DE ALMEIDA CARVALHO

Quando a chuva
Se tornar tempestade
A desfolhar as árvores
Eu desejo estar esperando
No topo da montanha
Quero estar assistindo
Ao espetáculo da Natureza
Vou deixar o vento
Purificar minha alma
Para quando você chegar
Poder abraçar o mundo
Através dos seus braços.

Minha casa, Meu mundo

CLAUDIA MARIA DE ALMEIDA CARVALHO

Minha casa, Meu mundo
Tudo nela é fecundo
O sol, o vento, a lua, o céu
O barulho ou o silêncio
Todos nela comigo habitam
E muito vivencio
Não estou só
Tenho sempre companhia
E alegria
As paredes ouvem meus clamores
E conhecem meus amores
O que há na casa me define
Nada que termine
Sempre em movimento
Meu mundo é pensamento
Sentimento
Contentamento
E muita GRATIDÃO

Morrer de palavras

CLEUMA ALMEIDA

Eu já morri tantas vezes, morri de palavras!
Já morri da palavra nunca dita, o silêncio educado.
A indiferença perversa.
Já morri de palavra gritada...
Da palavra evitada, guardada
Já morri de palavras bonitas, sussurradas...
Já morri de palavra de amor...
de prazer.
Já morri de dizer.
Já morri de não dizer...
Morri...
E quantas vidas ainda tenho para gastar?
Pra arriscar?
E se de novo eu morrer
Morrer de sentir palavras
de não sentir.
Morrer de palavras de amor,
morrer de palavras de desamor.
Morrer de silêncio...
E depois de tanto ser morta por palavras ditas e não ditas...
teimar na convicção de viver de palavras...
Porém, Agora... as minhas...

Sou um animal

CONCEIÇÃO A. GIACOMINI SOARES

Para você, humano, sou nada.
Meus sentimentos são pó...
Minhas dores são cinzas.

Para você, humano, sou sombra.
Meu olhar é zumbi perdido,
minha carência é insignificância...

Para você, humano, sou impertinência.
Meu desejo é solidão,
meu ser é sacrilégio...

Porém, humano, saiba hoje,
que tudo sinto além do sentir,
que meu amor é o mundo.

Humano, entenda, agora,
que estou neste planetinha de ninguém,
para viver no além de uma vírgula.

Assim como você, humano,
aqui estou pela voz-verdade,
da Criação de todos os tempos...

Não se iluda, humano!
Não sou um cachorro ou gato.
Sou aquele boi no seu prato!

A leveza no olhar

DALY NASCIMENTO

É porque ultimamente a gente carece de um pouco de leveza, seu moço.
Carece desconectar dos assuntos mundanos e reservar um tempinho para levar os olhos para passear, sem sair do lugar.
A gente carece, seu moço, de dividir o peso do dia, ao final do dia, e, harmonizar-se com pequenos momentos de alegria.
Carece contemplar
Flores
Árvores
Bichos
E cores
Portas
Janelas
Céu
E mar
Carece de poesia no olhar.
E neste momento de paz inabalável, cheio de sentimentos, dentro deste estar; eu, por puro atrevimento, convido a minha alma para relaxar e apreciar.

Monitor da vida

DAVI O. ALVES

A única coisa que a gente tem certeza na vida
é a de que todos nós vamos
morrer.

CENTO E VINTE E CINCO
Eu gemi enquanto o gás do Guaraná descia pela minha garganta.
Então a imagem daquele gás se tornando uma pequena pedra
apareceu na minha mente.
Eu estava dando um presente de grego para o meu único rim.

Não beba gás! Nunca experimente álcool! Beba pelo menos
dois litros de água ao dia!
Pare de ser goleiro na escola. Sua barriga não pode mais ser
acertada.
Se você não seguir isso...

CENTO E SESSENTA E QUATRO
Meus olhos ainda estavam vermelhos pela minha aceitação na
faculdade quando eu cumpri minha promessa.
Eu desliguei a maquininha e encarei aquela figura careca,
finalmente entendendo o porquê da minha mãe nunca ter
permitido eu fazer aquilo.
Feridas começaram a se formar em volta daquela linha torta.

Você nasceu sem moleira.
Você sobreviveu a uma cirurgia de cabeça com três meses.
Uma cicatriz corta seu couro cabeludo. Não a exponha, senão...

SETENTA E SETE
Eu acordei com meu estômago roncando. Consequência de não ter jantado.
O café da manhã iria me dar energia, mas a neblina apareceu antes. Usando os últimos nutrientes que eu tinha, eu gritei à minha mãe por ajuda.

Sua nova dieta consiste em comer trezentas calorias e malhar todos os dias.
Seus músculos virarão gelatina e borracha soará mais saborosa do que oito ovos diários.
Você precisa ganhar peso, senão terá sérios problemas...

CENTO E DEZOITO
Eu senti a respiração do instrutor na minha nuca. A cada turbulência, um arrepio.
Aquele presente de dezoito anos era único comparado aos cinquenta voos que eu já tinha feito.
A porta abriu e nós mergulhamos no céu. Minhas bochechas quase foram arrancadas do meu crânio.

A mamãe sabe que você não é cristão, mas por favor use esse crucifixo durante a viagem!
Me prometa que você não vai tirá-lo. Me ligue assim que você chegar em Philadelphia.
Eu sei que você já viajou sozinho antes, mas se cuida. Te amo querido!

CEM
Eu estou aqui há dois meses. Ainda uso o crucifixo.
Eu bebi álcool várias vezes. Ainda bebo dois litros de água por

dia. Eu deixei meu cabelo crescer. Não sigo mais minha dieta. Nem malho todos os dias.

Eu tenho um rim e uma cicatriz. Sobrevivi a desnutrição, salto de paraquedas e aviões.

Meu coração ainda bate a cem batidas por minuto. E para quê?

ZERO

Siga isso. Faça aquilo.

Kobe Bryant era atleta, 41 anos. Entrou em um helicóptero e...

Superstição aqui. Prescrições médicas ali.

Chadwick Boseman era ator, 43 anos. Ele tinha uma cicatriz interna...

Meu avô tinha 76. Ele jogava tênis semanalmente e comia de tudo.

Ele teve um infarto. Lutou por 28 dias no hospital. Ele tinha dois rins, mas eu queria

estar lá para ter dado o meu para ele e que o meu coração estivesse em zero, não o dele.

A vida é imprevisível. A vida não tem regras.

m
o
r
t
e

A porta vermelha

DÉBORA SESTAROLLI

Depois que você partiu, um vendaval se formou e atiçou labaredas dentro de mim. Minha alma anseia por alívio da solidão. Sinto um sufoco tão grande que não consigo respirar. Seus olhos intensos e secretos revelavam o caminho mais certo a percorrer mesmo quando labirintos se formavam e chegávamos a encruzilhadas. Já não consigo me livrar de suas ideias com verdades absolutas. Você me consagrava no mais íntimo do meu ser. Sou a sombra que assombra meu ego. Disparo esse olhar crítico a minha própria presença. Quero me despir desse sentimento que atravessa e queima cada pedaço de mim. Ah, esse sentimento inteligível, uma busca desenfreada para estabelecer fatos que fogem ao meu controle. As contradições de minha mente me levam a devaneios. Não posso resistir ao que vem em minha mente de respostas complexas a aquilo que sinto. Só posso deixar fluir as ideias profanas. Do profundo corpo que habito e a aperfeiçoo numa dimensão maior do meu ser. Respiro, estou viva? Pareço algo intragável, insuportável, inacessível. Este ser inacabado e imperfeito que luta contra todas as inquietações proporcionadas em momentos de lucidez. Não clarear minhas intensas memórias com você talvez seja uma forma de defesa clara. Não entregar as cartas na mesa como se as respostas estivessem contracenando com meus pensamentos mais secretos. Devo deixá-los livres como pássaros tentando voar num dia de vendaval? Não me pertenço mais. As lágrimas tomam conta de minha face. Nada mais faz sentido. Precisa ter sentido, quando tudo que mais quero é não sobreviver ao caos? Preciso atravessar essa porta vermelha. Quero ir, mas tenho medo do encontro com o outro lado. Quem estará lá? O que esperar? Quão livre sou? Ao atravessar, não terei clareza de informações coesas. Ao enfrentar o desconhecido, a verdade se revelará. Sou livre, então?

Ao som da tua imensidão

DÉBORA CRISTINA ALBERTONI

Caminhos em tambores,
Seguem rumo ao som dois cantos
De rouxinol para meus amores,
Derramam em melodia teus mantos.

Canto aos cantos pela tua beleza
E formoso céu busco a Lua,
Choras por quê, minha riqueza?
Por quem trilhou todos os caminhos da rua!

Vinde a mim tua imensidão
E apoia em meu ombro tuas fraquezas,
Que de ti levo embora a preocupação,
Pois mesmo agitado, teu coração é represa.

Chegue aos meus braços homem dos meus olhos,
Te acalme no som do meu coração,
Cansados são teus olhos da vida dura
De quem já viu a morte, crime e solidão.

Busco teus sorrisos em mcio ao caos,
E nas beiras do precipício te puxo para longe,
Que a recíproca foi igualitária,
E de caos em dez, eu fui onze.

A loucura é compreendida pelos seus,
Quem é de verdade sabe quem é de verdade,
E em verdade te ofereci meu coração,
E como um pássaro, não te fiz gaiola, te fiz verão.

Queria ser

DENISE CHAVES

Queria ser a noite,
a noite espelhada de lua cheia.
A noite do silêncio que o pensamento não veio.

Queria ser a estrela,
a estrela que pisca, pisca e brilha.
A estrela da luz que me clareia.

Queria ser o vento,
o vento suave da brisa boa.
O vento leve que me leva e voa.

Queria ser o mar,
o mar azul que penetra na areia.
O mar imenso que me faz inteira.

Queria ser o rio,
o rio que corre nesse mundo enfermo.
O rio que abraça as pedras e me tira o medo.

De mim, nada queria;
da terra, uma flor vermelha:
que fosse somente uma, mas que fosse para a vida inteira.

Figuras de Linguagem

EDER DINIZ

Ela hipérbole
Ele metáfora
Ela antítese
Ele eufemismo
Ela aliteração
Ele comparação
Ela gradação
Ele elipse
Ela paradoxo
Ele ironia
Ela antonomásia
Ele sinestesia
Ela pleonasmo
Ele paronomásia
Ele catacrese
Ela redundância
Ele metonímia
Ela prosopopeia
Ela assonância
Ele e ela onomatopeia

O casulo da libertação

EDUARDO OTÁVIO GÓIS

Ah! Borboleta, como você é interessante e diferente de tudo.
De uma lagarta inditosa e pavorosa se transforma numa exímia polinizadora.
Seu processo holometabólico me fascina, mesmo assim tenho medo.
Já não sei se é mais bela quando queima ou quando voa à morte.

Vida estranha numa fase inicial é feia e duradoura, a beleza é breve e inspiradora.
Quantas patas você tem? Onde estão seus pares? Ah! Já sei! não a reconhecem...
Assim como uma pessoa que vira o lixo durante o dia e ninguém o percebe.
Na morte inspira e ninguém questiona, já leu as placas nos mausoléus?

Caramba, que coisa esquisita de um inseto para uma pessoa.
Como não perceber que uma simples borboleta fascina.
Mas um ser humano na sarjeta é ser imperceptível, que tristeza.
Abandonar jamais, jamais abandonar. Uma borboleta absolutamente.

Um coração endurecido aprisiona mais que um casulo em pupação.
Sem asas e patas, é impossível sair, aquele ser invisível pode ser a solução.

Somente a caridade verdadeira liberta as borras cheias de ingratidão.
Encontre a liberdade numa simples disposição, é tudo o que precisa para viver sem ilusão.

Um olhar atento

EDUARDO WORSCHECH

Uma paisagem desolada formada por incontáveis grãos de areia que se depositaram ao som do sopro do vento, é um cenário de uma torpe desvalorização.
Zéfiro estrondoso, que não deixa falar nem ser ouvido, segue um pequeno que corre descalço por ali.
Neste calor escaldante produzido pelos discursos delirantes, que nunca chegam no menino como fala atenta, cuidado e carinho; somente a obrigação persegue-o. Se o movimento dele reverbera uma comunicação inaudita neste deserto, o deserto efusivamente sopra em seus ouvidos apenas um chiado intermitente, pois em suas lacunas o silencioso vazio predomina.
Se por um acaso um solilóquio promove pensamentos em silêncio, que se desdobram em narrativas essenciais, o silêncio do vazio é aquele da folha em branco dispensada em cima da mesa, sem nunca ter sido tocada.
Densas camadas submergem seu ser, que por gerações depositaram uns sobre os outros suas mazelas, como se ao futuro pertencessem. Quanto tempo o tempo leva para deixar de ser tempo e passar a ser história? Não se pode esperar que o tempo decida, ele é apenas uma abstração desconfortável, que se impõe pelos delírios voluntários daqueles que o idolatram.
Só a muitos golpes de brincar o tempo pode ser vencido, todo seu dogma contraído, sua impertinência adorada e sua mantenedora mesmice.
Juiz em seu próprio jogo, trajetória ascendente vinda do

sul, vestindo a cor lilás de suas aflições, mas que sempre convertem-se na feliz expressão quando ele corre.

Sem quaisquer oposição, "bem me quer" se conjuga indefinidamente, numa multiplicidade que jamais se fecha numa unidade totalizadora.

Criança, chegou sua hora; nunca se aferre àquela falsa promessa do tempo, mas à derradeira vontade de viver.

Um lugar seguro

ELAINE CHAGAS

Sou pequena e bem franzina,
portanto procuro proteção,
talvez atrás da cortina
ou até mesmo no porão.

Não sei! Não estou segura,
vou tentar dentro do quarto,
onde posso trancar a fechadura,
no entanto, meu medo ainda continua.

Acho que lugar seguro não encontrei.
Em todos os lugares da casa procurei.
Vou até o jardim,
quem sabe por lá não me sinta assim.

Já não quero mais procurar,
esse lugar eu não vou encontrar.
Talvez eu o encontre de fato
quando adulta me tornar.

No final do dia, aos prantos, chamei pela mamãe.
Que lugar é esse tão difícil de achar?
Com um olhar doce e terno, ela veio me abraçar.
Então, ao sentir seu coração e seu abraço apertado,
eu finalmente percebi que
um lugar seguro havia encontrado.

Laços sendo desfeitos

ELINI MENDES

Aos poucos, vejo aquilo que era "o pra sempre" sendo simplesmente esquecido.
O desejo de lutar para que algo permanecesse foi-se embora.
O que há nos pensamentos?
O que ficou nos sentimentos?
Será rancor? Ou nunca houve verdade para que tudo acabasse assim?
Foi numa rapidez tão severa,
Então via-se fortes laços sendo desfeitos em uma normalidade incapaz de se entender.
Vazio?
Saudade?
Solidão?
E pensar que não há palavras para expressar o que sente o coração.
Quanta oportunidade se teve para refletir e buscar uma simples solução?!
Sabe, não houve tempo para cuidar do jardim, então aos poucos as flores iam murchando.
E agora é entender que seguir em frente é o que resta,
Compreender que simplesmente foi assim,
O "tudo" se tornou em "pouco" e do pouco não restou "nada".

Metamorfose

ELISABETE PEREIRA

A mim e aos do meu sangue (Leandro e Rafaela)

Cerrando os olhos, lembranças a mim me chegam
Daquele chão de terra escaldante e pré-moldado
Ora para pular amarelinha com pedaço de telha
Ora para o jogo de bila no triângulo de buraco

Com meus irmãos que a mim, igual de travessos
Na inocência se entregavam a uma nova aventura
Num misto de euforia e indescritível passatempo
Quando passávamos maior parte do dia na rua

E eram algumas de nossas paixões: bola, corda e pião
Que pronto nos uniam as meninadas da vizinhança
Assim, como bater cartas e jogar futebol de botão
Sem saber que um dia deixaríamos de ser criança

No ontem em que uma linha invisível pincelava
No céu a distância do olhar debaixo para cima
Da menina que sem pressa a ideia alimentava
De poder entre as nuvens repousar a sua pipa

E no jogo de xadrez da vida a menina virou dama
A ter consigo ainda fiéis traços da infância amada
No hoje em que deixou de sujar a roupa na lama
Para simplesmente ousar brincar com as palavras

A flor do céu

ELÍSIO GOMES FILHO

Uma mulher fascinante combinou bravura com beleza! Mas por trás da sedução...
— Ela desenvolveu uma paixão por voar. Sorrisos e olhos brilhantes no voo inaugural de cada um de seus aviões...
A terra vista do céu é realmente um mundo lindo para ela voar; Vistas de um avião, as cidades parecem brinquedos. São sonhos de crianças que voam em segredo!
De um avião, sobre o penhasco, sob o céu, sobre o mar e debaixo do luar, se voa junto com o olhar e pelas rimas de ilhas!
De um avião, as nuvens são mais feitas de ilusões, mas em nenhum outro lugar não as viu tão belas e então começou a se perguntar se não passavam de alucinações.

O avião era exclusivamente dela! Voou solitariamente para destinos distantes com o murmúrio suave sobrevindo... voou através de fortes turbulências e nuvens pesadas. Pousou no deserto e dormiu sob a asa, pousou na praia e dormiu sob a madrugada
Do nevoeiro à nuvem densa, ela passou pelas monções e por grandes emoções!
— Seu nome, Jean Batten — a flor do céu, assim a chamavam. A navegadora talentosa, a pioneira que encantava multidões, a recordista mundial... ela, a neozelandesa, destemida e determinada!
Mas as memórias são como os aviões: elas também se vão... a flor suave do céu desapareceu... A grande estrela da aviação

teve um fim de vida triste e isolada.
Mas o mito ficou:
Foi ela a melhor piloto feminina da Era de Ouro da Aviação!

A fúria dos indesejados

FÁBIO DA SILVA SOUSA

Escrevo músicas desconhecidas
para cantores perdidos
poemas inexistentes
para poetas desiludidos

Meu corpo me trai
minha mente me domina
minha loucura se esvai
meu desejo termina

Solitário, eu rio
Amado, bêbado eu digo:
"A liberdade é libertina
a humanidade é sombria"

À procura de sonhos
me afogo em ilusões
à procura de felicidades
me embebedo de contradições

Me visto de superstições
sou surrado por amores
no mundo de maldições
que rasgam a minha pele em dores

Só tenho uma noite
de vida, de desejos
só tenho uma noite
de fúria e de incertezas

Sim

FELIPE P. ALTIERI

Sua garganta com água enlameada é o oposto dos olhos voltados para o chão
Ela consegue ficar cheia e vazia, ao mesmo tempo olha para cima enquanto vai se afogando
Você segue andando, quase rasteja para se livrar do alarido oco do sol
que cessa quando deixa as flores
O oleado da tenda protege os filhotinhos do papagaio do vendaval, mas sem paredes
O cachorrinho a evitar o veneno do óleo diesel, que deixa um gosto horrível na boca
A ponta da tua língua, queimada pelo vento
Separei teu olhos para evitar uma pedrada, com quatro dedos de cada mão nas tuas faces
Admito que errei, sim Eu me perdi no caminho de volta
Eu desci Sim, subi Fui do final ao começo
Percebi que certas pessoas deviam mesmo ser encarceradas na árvore
Assim, a gente consegue aproveitar os galhos para produzir mais oxigênio
Não, o resumo é: teu esqueleto come os pisos de cada pavimento
Na riqueza deserda as escadas Nunca vai ser pobre, nem de espírito
porque são degraus Não levam a lugar algum
São ficções, menos as passadas (uma após a outra)
Deixando a forma de mancha que sobe pela parede, cai e fica

Você disse Quero usar a língua para apagar aquela marca, o que não é possível
Sim, mas não vi razão para que não fosse assim
A perna da calça por dentro, no machucado do joelho da sua queda

Nostalgia

FERNANDO JOSÉ CANTELE

A sensação de poder aceitar
A história de uma vida inteira
Minha memória, meu passado
Esse rio que queima
E suas eternas lembranças
Esquecidas, adormecidas
Nessa travessia constante
O homem cordial
E seu implacável confronto
Apontam para mim
Esse eu prisioneiro
Uma paisagem arrasada
Onde não estou protegido
O nada, o vazio e o futuro
Sobreviver a mim e ao outro
E ao infinito que constrói
Essas imagens constantes.

Estraguei tudo como sempre
FF

Estraguei Tudo Como Sempre
Tudo Sempre Como Estraguei
Como Estraguei Sempre Tudo
Sempre Como Tudo Estraguei

Estraguei Tudo Como Sempre
Sempre Tudo Como Estraguei
Tudo Estraguei Como Sempre
Como Estraguei Tudo Sempre

Estraguei Tudo Como Sempre
Tudo Como Estraguei Sempre
Como Sempre Tudo Estraguei
Sempre Como Estraguei Tudo

Estraguei Tudo Como Sempre
Estraguei Tudo Estraguei Tudo
Como Sempre Como Sempre
Sempre Estraguei Tudo Sempre

O eco das palavras

GABRIELA OLIVEIRA

No vasto oceano das falas, navegamos,
Palavras como velas, ventos as empurram.
Cuidado ao lançar cada uma que falamos,
Pois em seus sussurros, vidas se encontram.

Palavras cortantes, como lâminas afiadas,
Deixam cicatrizes, marcas profundas deixam.
Mas palavras ternas, como abraços enlaçadas,
Curam feridas, almas serenas ensejam.

Que nossas vozes sejam como suaves brisas,
Acariciando corações com doce melodia.
Que cada expressão seja um raio de luz,
Iluminando caminhos com sabedoria.

Comunicação não violenta é o laço que une,
Entrelaçando almas em compreensão e paz.
Que nossas palavras sejam pontes, não muros,
Construindo pontes que ao entendimento nos traz.

No fluir das conversas, no diálogo incessante,
Descobrimos o poder das palavras em nossas mãos.
Que escolhamos sempre o caminho do amor,
Para que nossas falas sejam canções, não sons.

Neste tecido de conexão, o verbo se faz arte,
Pintando quadros de harmonia e empatia.
Cuidemos, pois, com carinho do que falamos,
Pois no eco das palavras reside nossa vida.

Guerra insana

GASPAR BISSOLOTTI NETO

Guerra:
Insana
Chocante
Destruidora
Miserável
Que se prevalece
Da ignorância dos homens

Guerra:
Contra a paz
Contra o Amor
Mundial
Do Paraguai
Do Vietnã
Do Oriente Médio
Da Ucrânia
Da Faixa de Gaza
E todas as outras

Qualquer que seja
Destruição de famílias

Dizem que só serve mesmo
Para enriquecer os poderosos
Fabricantes de armamentos
Com o apoio das potências mundiais

Guerra: tenho ódio de ti!

Poema para uma pessoa especial

GEORGIA MEMARI TRAVA

Ela é força, Ela é fé, Ela é coragem,
Ela é filha, esposa,
Mãe e avó (babona que só)!
Ela é intensidade, determinação e ação!

Ela é empoderada, sincera e justa!
É carinho, conselho, cuidado!

Ela é calmaria!
Ela é tempestade!
Não sabe ser metade.
Ela é o todo, sem perder
a humildade!

Do interior para a cidade grande!
O que era sonho...
transformou-se em realidade.

Hoje se aventura em ser escritora,
Mas sua maior obra escrita...
Foi ao longo de sua vida...
Da qual é protagonista!

Ela é como poesia! Ela é delicada!
Faz a diferença com naturalidade.

Dona de um coração imenso,
Ela é loteria!
Sorte daquele que tem
O prazer de tê-la em sua vida...

O sentido faz sentido?

GEOVANNA FERREIRA

Quantas vezes você já se deparou com as adversidades da vida
Te moldando para ser cada vez mais forte?
E foi exatamente nesse momento que você descobriu
Que no mundo em que vivemos, de nada adianta contar com a sorte.

São tantas perguntas que parecem sem resposta...
Afinal, qual o sentido da vida? Ela tem um sentido?
Viver é realmente uma dádiva?
A cada pensamento, um suspiro...

Para encontrar um sentido é necessário se conhecer primeiro.
Quem é você, afinal?
Será que a resposta não está dentro de você mesmo?
Procure ao lado esquerdo de seu peito.

Ao acordar você se depara com mais um dia se iniciando.
Isso é um peso para você?
Afinal, qual a graça de viver?
Posso te dizer que seria aprender, aprender e aprender.

Os seus aprendizados te fazem uma pessoa única!
Qual a graça de sermos todos iguais?
As suas vivências te moldam como ser humano,
E aí? Para continuar vivendo a vida, qual o seu plano?

E eu digo viver, de verdade!
Sobreviver não te faz ver o nascer do sol.

Pelo contrário: te faz ver o céu cada vez mais cinza,
E te condiciona a se esconder como um velho caracol.

Observe as dádivas da vida. Aquelas simples mesmo!
Poder observar as ondas do mar,
Poder amar, amar, amar.
Poder se sentir amada e beijar, beijar, beijar!

Não se acomode com a zona de conforto.
Sua alma merece mais. A sua pessoa merece mais!
Não se esqueça dos seus princípios,
E agarre os seus ideais!

Nós não somos um conto de fadas.
Muito menos uma história de super-heróis.
Nós somos seres humanos reais,
E não podemos nos moldar a um padrão de perfeição jamais!

A sua história é construída por imperfeições.
Elas que te moldaram como pessoa e ser humano.
Tudo isso faz sentido para você?
Pois é preciso se colocar inteiramente à mercê.

À mercê da vida, e da sua história.
Afinal, você pode me contar a sua trajetória?
Ela não precisa ser repleta de vitórias,
Precisa apenas conter uma pequena dedicatória:

Eu agradeço a mim mesmo!
Eu agradeço à vida!
Viver, por si só, já é um sentido,
E eu, como ser vivente, o que vou fazer com isso?

Instinto

GIL LOURENÇO

O amor é perfume
Que estimula e renova
De força tão poderosa
Ergue e destrói tal sua vontade
Floresce e multiplica
Toda cor, brilho e coragem
Suplicamos o sentir
De carne tão doce
Sermos preenchidos
Transformados e tocados
Nos abraços e gestos
Vivemos e sobrevivemos
Sonhando sermos completos
Como melodias em construção
Sussurramos para nós mesmos
Sou amado e sou teu
E devotos do sentir
Sucumbimos aos encantos
De felicidade fugaz
Que marca a ferro e fogo
Que sacia e causa fome
E sempre queremos

Pandemia

GIOVANNA BARROS

Estamos em pandemia
O meu gato Mia
Pedindo pra sair
Aonde?
Não podemos ir

COVID está aí
e não é brincadeira
É preciso ter cuidado
É vírus pra todo lado

Precisamos vacinar
Pra que seja erradicado

Amor pleno

GIOVANNA LEITE

Eu quero um amor pleno,
Que após um dia de trabalho,
Me acolha abundantemente no abraço amado.
Quero o sorriso e os lábios
Frente a frente,
Com "sabor de uma fruta mordida"
Quero as suas mãos macias abraçando as minhas,
Essa mão que anseia pela minha...
Onde mora esse amor pleno?
No eu lírico de "Vou-me embora pra Pasárgada"?
Ou em "Onde estará o meu amor"?
Um amor que não seja fugaz,
Mas seja constante e contínuo...
E aumente a cada dia!
Vem ser meu amor pleno,
Vem transbordar comigo,
Essa luz abundante,
Cheia de energia e pulsão...
Vem ser minha companhia
Pelas ruas escuras da vida...
Clareando juntas nosso caminhar
Quero você nos meus braços
Quero esse Amor Pleno
Infinitamente!

Um ser real

HILDA CHIQUETTI BAUMANN

Não se pode parar de morrer
Mesmo sendo a morte conhecida
uma ponte personalizada
para a vida eterna
comum a todos
Ah, tu, oh, morte!
És um Ser Real
que pega pela mão e leva
numa carruagem com flores
para uma longa viagem no além
Existe uma simplicidade nisto
Sentindo-se à vontade
sempre se repete
Faz a mente se esvaziar
Na hora final
ninguém sente medo
ou coragem
Só vai
porque
não se pode
parar de morrer.

Minhas mãos

HILDA PRZEBIOVICZ CANTELE

As minhas mãos
Calejadas pelo tempo
Que lavam meu rosto
Que me vestem
Que me alimentam
Que trazem o pão de cada dia
Que afagam
A mim e minha família
As minhas mãos
Meu passado
Presente e futuro
Mãos que dizem adeus.

Como se fora meu pai

IVAN LYRAN

"No mundo, tereis aflições", disse-me Deus ao questioná-lo quando perdi meu pai. Blasfemei em pensamento (...).
Com o coração doído, flashes de lembranças povoam a minha mente quase ausente de alegrias denegadas. Clarão repentino que ilumina o ambiente hostil da permanente solidão. Quando menino, trilhava os meus caminhos, guiando-me pelas mãos, como os heróis de outrora, aqueles que não existem mais.
"Vós cresçais", disse-me Deus ao questioná-lo quando perdi meu pai.
Blasfemei por um momento (...).
Com o coração aflito, correm as lágrimas molhando o frio piso quase ausente de pessoas e pegadas. Penumbra rotineira que permeia o ambiente hostil da insistente solidão. Quando adolescente, trilhava os meus caminhos, guiando-me pelas mãos, como os heróis de outrora, aqueles que não existem mais.
"Poetize", disse-me Deus ao questioná-lo quando perdi meu pai.
Peço-te perdão (...).
Com o coração distenso, abro sorrisos, distraio a sofreguidão que outrora me fizera aluado e sem chão. Abraço divino que permeia o ambiente deferente e de incessante gratidão. Hoje adulto, trilho meu filho no caminho, guiando-lhe pelas mãos, como os heróis de outrora, aqueles que não existem mais.
Como se fora meu pai (...).

Casaco de retalhos

JANE BARROS DE MELO

O casaco furado,
confeccionado com retalhos,
parecia traje de espantalho,
de uma peça de teatro.

Descosturado,
com linhas soltas por todos os lados,
queria ser remendado
para o grande espetáculo.

Era um figurino de ator no palco,
com cores variadas,
tecidos de algodão,
tingidos e comprados no mercado.

Sempre tinha um rasgo,
era a parte principal e,
apesar de tantos reparos,
recebia todos os aplausos.

A menina da vila

JÉSSICA MACHADO

A menina da vila era formosa e guerreira,
mas a sua fama não demonstrava a sua real força.
Aquela força que era capaz de mover o universo,
somente pela coragem de um ideal.

Ela não sabia, mas a sua força vinha da Terra,
do lugar onde ela aprendeu a plantar.
Vinha das raízes ancestrais de sua alma,
que escorriam do seu sangue singular.

Sua alma era lavada de dores não escritas,
e de lutas travadas durante a sua vida.
Sua garra era movida pelo amor de sua fé.
Sua vida era pintada pelo suor do seu trabalho.

A menina da vila, como era conhecida,
não sabia, mas entendia, que era preciso plantar.
Plantar esperança nos terrenos áridos da vida,
onde a injustiça, com ousadia, pensa que pode mandar.

Esperando a Lua

JOSÉ DOS REIS

A lua orgulhosa já se vai alta
Silenciosa e sem olhar para trás
Sabendo que certamente faz falta
Para o poeta e para os demais.

Ele brinca de esconder estrelas
Ofuscando seus lindos brilhos
Sejam amarelas ou vermelhas
Vão seguindo os seus trilhos.

Oh, lua! Que tanto trazes poesia.
Aos muitos corações apaixonados.
Por que te escondes durante o dia?
Quando os versos ficam engasgados.

Porém, no teu vai e vem constante
Espero ansioso por tua nova volta
Numa espera silenciosa e hesitante
Chegando à soleira da minha porta.

Bar beirute

JULIA TANIA DANTAS

Disfarce perfeito
Para o imperfeito viver
Fingir o sorriso
Quando no fundo a dor é visível.

Tantos desconhecidos queridos
Sem nem me querer olhar
Tanta gente repetida
Vivendo em qualquer lugar

Respirando o mesmo ar
Comendo a mesma comida
Ouvindo o mesmo falar
 Se sentindo original
Mas sendo o mesmo exemplar.

Saudade não tem sinônimo

JÚLIO CEPERA

Corri para avisar que era o meu nome
Chamado na longa fila
Dos que têm saudade sem sinônimo.
Estranharam-me só porque ainda não sabia
Dessa ansiosa verdade sem sintoma,
Por não deixar à vista qualquer hematoma,
Na fila sou sempre anônimo.

Corri para avisar que era o meu nome
Chamado na longa fila,
Não era meu antigo pseudônimo.
Estranharam-me só porque cunhei na vida
Este triste e sombrio axioma,
Em nosso belíssimo idioma:
Saudade não tem sinônimo.

Memórias em um oceano

KAMILLA GONÇALVES

Limpar, para criar espaço,
E deixar ir ao mar, mundo afora.
Para onde as ondas levarem.
Na esperança de que não se desarrumem,
Na esperança de que se transformem.
E faça a outros, assim como fizera comigo.
Trazendo choros de alegria e de tristeza, acolhimento e abrigo,
cais e mar.
Vai-te e faça parte do que sempre foi.
Leves contigo pedaços meus,
E mantenho aqui, no meu coração, todo o amor que me fez.

A dor

KARINA ZEFERINO

Dói a dor de não ter o que gostaria
Dói a dor de ter o que não merecia
Dói a dor de sentir a falta
Dói a dor de preencher a alma

Dói, tudo dói
O corpo, a cabeça, a alma
Analgésico não mais da conta
De esconder a dor que me encontra

Sobrecarregada, sufocada, soterrada
Não há mais espaço nem nada
Cada poro é preenchido pela dor
Dói tanto que dói até o amor

Dói o vazio do que não veio
Dói o medo de perder o que tenho
Dói o cansaço do dia viver
Dói o pavor de sem ele morrer

(Im)perfeito

KARINA ZEFERINO

O perfeito em mim se desgastou
Se cansou
Se manchou

Quero folhas molhadas
Bordas ultrapassadas
Riscos sem formas

Não quero caber
Quero poder
Escorrer. Viver. Ser.

Quero me encher
Renascer
Florescer

Quero ter espaços em branco
Vazios onde a água corre livre
Pedaços de cores tão imperfeitos...
... que me encontro em cada borrão.

Abismo interior

KATHIA BONNA

Mergulhei no meu abismo interior,
E lá, percebi a ausência das emoções.
Tornei-me absorta, insensível,
Alheia a aventuras e amores,
Perdi o chão da referência,
Da prudência, dos valores.
Flutuei na minha insanidade,
No torpor das mais sórdidas
Reflexões inconscientes.
Quis voltar à realidade
Mas permaneci na abstração.
Mergulhei no meu abismo interior,
E lá, virei prisioneira
Do vazio, da solidão...

Meu querido!

LAURA FERRARO

Olho vejo profundo,
Percebo sua Alma,
Encontro um mistério,
Algo inexplicável.
O Infinito me toca.
Deixo-me levar.

Energia de abraçar,
Tudo me emociona,
Quando olho você,
Seu sorriso, sua boca, seu olhar,
Tudo é tão Alma.
Deixo-me levar.

Me leva longe,
Sensação de te olhar,
Me carrega pra algum lugar.
Que bom estar lá,
Sentir o que desejo sentir.
Abraços... Abraços... Abraços.
Deixo-me levar.

Folha seca

LEANDRA NOVOCHADLA

Desde o primeiro olhar nunca mais te esqueci
Não consigo deixar de lado as lembranças daquele lugar...
Foi ali que o tão procurado amor eu conheci
Entre as folhas secas daquela árvore a se desfolhar

Cada folha representa um beijo já doado
Entre tantos casais que por ali também se apaixonaram
Em frente àquele lago tão extenso e esverdeado
Onde nossas almas também se encontraram

O horizonte se conecta com a grama colorida
Pelas tantas folhas que a cobrem, já secas no chão
Sendo levadas pelo vento até a beira florida
Onde o lago é recortado por flores em coração

A cada nova folha caída um novo casal que se forma
Uma nova vida a dois preterindo unir-se fisicamente
Deixando óbvio o abismo da força de quem se ama
Em frente a uma natureza tão infinitamente distante

Parece sonho para quem assim não se apaixonar
Nunca poderia acreditar na existência de um amor
Que ocorreu neste tão belo lugar
Entre folhas secas daquela árvore perdendo sua cor...

No canto das canoas

LEILDA

Jaz uma bela canoa encostada nas areias da praia.
Já foi certamente instrumento de trabalho
Quiçá companheira de algum velho pescador.
Diariamente devia seguir ela ordeira e tranquila
Margeando praias e encostas
Obediente aos remos do seu dono e senhor.
Já venceu ondas revoltas e até tempestades
No seu afã de cumprir o sagrado mister
De levar e trazer pescador e pescados.
Por certo iria chegar o dia do merecido descanso
E agora repousa ela
Naquele encantador recanto de famosa ilha
Com tantas histórias, plena de paz.

Quem dera fosse a vida silente canoa
Singrando mansas ou furiosas ondas
Mas sempre chegando incólume
A límpidas e plácidas praias.

Mãos entrelaçadas

LENIR SANTOS SCHETTERT

Nossa história iniciou com
Um olhar e um aperto de mão.
E aos poucos nossas mãos
E nossos corações
Formaram uma unidade
Com muita ternura e amor.
E por muitos e muitos anos
Nós caminhamos juntos
Com nossas mãos entrelaçadas.
Fomos dois em uma vida,
Porém uma só vivência que
Foi enriquecida pela presença
Amorosa dos filhos e netos.
Hoje nós dois seguimos
Por caminhos diferentes
Que fazem parte da caminhada
Existencial, temporal e espiritual
Na vida de cada ser humano.
Mas permanece a unidade
Do mesmo amor, aquele terno
Laço que mantém a nossa união.

Despedida

LEONARDO POLICARPO

Odeio quem sou agora, pois sei quem eu seria se você não tivesse partido.
Ainda penso nos lugares que gostaríamos de ter ido.
Às noites, em seu abraço, já não sou mais envolvido. Fico vulnerável, desprotegido.
A tristeza tem me tornado um ser deplorável.
Talvez passe as noites embriagado
Para não recordar de nada ou para dormir e demorar a acordar.
Talvez olhe para cima e venha a chorar.
Sei que não irei mais te ver, te ter, mesmo assim sempre irei te querer.
Se fecho meus olhos, te vejo.
Se os abro, te perco.
Como poderei descansar? Não sei onde você está ou o que faz. Como poderei ignorar a saudade? Como terei paz? Como andarei para o futuro se tudo em mim me faz querer ir para trás, para o passado?
Estou condenado a não te esquecer e jamais poderei, nem mesmo antes e ainda mais agora que sua ausência se faz tão presente,
Estou desiludido com a perda, e a loucura em mim se aflora.
Minhas lágrimas caem facilmente como pétalas. Há celas em meu peito onde a felicidade está presa, difícil de sair, de ser extraída, feito pérolas.
Hoje te trago essas flores, meu bem!
Te trago minha paixão e toda emoção.

Te trago minha angústia.
Vim falar dos meus planos
E dos antigos planos seus.
Vim dizer que onde quer que esteja, saiba que ainda não consigo dizer adeus.

Depois de você

LILIUM BATISTA

Envolvida no tenro breu
Desposo o fôlego
Onde meus gritos cessam
Lágrimas vertem
Embebendo pálidos dedos
Que afligem meu peito
Ornando-o com esferas violáceas
Flerto o decesso
E por noites inteiras
Anseio sua vinda

Poema nostálgico

LORRANY VIANA

Hoje, despertei com uma profunda melancolia e reflexão. Pus-me a pensar na minha vida e em tudo o que a rodeia. Recordei minha infância e adolescência, sentindo uma saudade profunda de muitas coisas: dos amigos queridos, das gargalhadas inesquecíveis, do abraço afetuoso dos meus pais, e dos dias chuvosos, nos quais eu amava ficar debaixo da coberta assistindo a desenhos que coloriam minha imaginação. Reminiscensiei sobre inúmeros sonhos, aqueles que se realizaram, outros que se desfizeram, e alguns que eu mesma optei por sepultar. Dia após dia, transporto dentro de mim uma carga de saudade e lembranças. Algumas delas divido com vocês, enquanto outras permanecem guardadas apenas comigo.
A vida, em sua essência, constitui-se em reviver e recordar memórias, com toda a sua beleza e complexidade.

Rebusques

LOURDES CORDEIRO

A tristeza vem da ausência de cor
                    na face do meu pai
do silêncio-espasmo em castiçais e frutos
Minha tristeza vem de linhagens perdidas
                                consumidas
(amordaçadas vozes e lampiões antigos)

Minha tristeza é bem nutrida
vem da carência de mar nos dentes de leite
da amargada inveja dos meninos em pelo
                        correndo na chuva
dos tempos sem data das estepes frias

Vem de venenos doces
minha tristeza tanta

Minha tristeza vem de sinos quentes, elmos
grilhões urdidos, mandacarus vingados
                    mortalhas, sortilégios

Vem de amores malditos
minha tristeza mágica

Minha tristeza vem do norte, vem do sul
(latitudes exangues, ocasos enlouquecidos)
das mil faces de lua, inteiras, minguadas, possuídas
dos ventos todos de inconsequentes fúrias

Vem do cantar mais estranho minha tristeza funda
Vem do sonho mais louco de não querer ser triste.

Essência

LUAN JESUS LJ

Ela é gentil, simpática e carismática.
Ela não perde sua essência fantástica.
Ela transmite paz, alegria e esperança.
Com uma essência que cura e transmite sua fragrância.
Fragrância no se expressar que evidencia sua personalidade marcante, que fica e que não se explica.
Pois ela é única! Não como uma fórmula para descobrir, mas uma essência para sentir como eu senti.

O encanto da poesia

LUAN MENDONÇA

Já dizia minha tia,
A vida é uma poesia,
Se a nossa vida é um encanto,
Então pra que viver no canto?

Se a poesia está enraizada,
Dentro do peito, na nossa alma,
Então poesie-se todos os dias,
Verás que a vida é mais bonita.

Quando tratamos o nosso próximo,
Com o respeito que é devido,
É uma poesia bem rimada,
Nossa história é lembrada.

A luta do dia a dia não pode ofuscar
O brilho de um coração feliz a cantar,
Então poesie-se todos os dias
E assim inspire outras vidas.

Olhe os encantos ao seu redor,
Fique feliz, pois não está só,
Olhe a sua volta com mais amor,
Poesie-se, pois você tem valor.

Talentos jundiaenses

LUAN MENDONÇA

Essa terra tem história,
E deve ser preservada,
Fale o que quiser falar,
Mas igual a Jundiá,
Eu ainda estou pra ver.

Uma cidade pequena,
Com talentos em destaque,
Da cultura ao esporte,
Do lazer à diversão,
Pense num povo animado.

Poderia aqui citar,
A primeira professora,
Um pastor que foi cientista,
Também tem os cordelistas,
Escritores e poetas.

Te digo uma coisa certa,
Basta a gente relembrar,
Que surgiu de Jundiá,
Muita gente importante,
Por isso vim te falar,
Sonhe alto e acredite,
Batalhe, não desanime,
Que o melhor então virá.

Delírio

LUMALU

À beira do mar, ondas revoltas, compassadas,
brumas de algodão num mar azul, verde-azulado,
luminosos raios de um sol de verão...
Folhas airosas a bailar embaladas.
O sussurro trazia recados ao meu coração.
Do mar eu estava enamorada, mas ele, caprichosamente,
no seu contínuo avançar chegava e era a areia que ele ia beijar!
Levava meu encantamento ao recuar.

Eu ouvia a conversa das ondas bravias
que contavam, não em silêncio,
as aventuras que o vento, moleque travesso,
na imensidão do oceano se pôs a engendrar.
Imaginei, pelo jeito maroto,
que me provocavam, faziam devanear.
Invejei sua sorte, enfeitei-me com flores.
Olhei-me no espelho, vi-me pequena.
Recolhi meu amor: queria ser o mar.
Então, em meio a flores de todos os matizes,
numa quase oração, ergui a Deus meu pensamento
e com espanto descobri no mistério do oceano imenso
que era você que me fazia sonhar.
Seu desamor me levava a delirar.
Antes de ir embora, uma lágrima rolou incontida,
para dar desfecho a uma ilusão perdida.
Foi só uma lágrima: aquela que não coube no pobre coração.

Alma de poeta

LUMALU

Tenho alma de poeta,
do sentimento sou arquiteta.
Brinco com as palavras e ouso no versejar.
Através de vários "eus" vou me expressar.
Registros indeléveis fragmentos que traduzem vitórias ou tormentos.
As ideias vêm, eu as exprimo numa quietude inquieta,
na ânsia de buscar na invenção verbal, a estética,
moldando versos que querem ter asas, brotados da inspiração em amores,
paixões ou horrores, vividos em diferentes tempos.

Os acontecimentos existem, são difusos e confusos;
hoje estou de "pá-virada", amanhã de alma lavada.
Há imensidão de histórias pra contar,
histórias loucas, corações partidos, despedaçados, felizes ou desesperados,
que nem mesmo o meu "eu" sabe se é fantasia ou realidade,
se é produto da ansiedade, ou apenas a exteriorização dos sentimentos de outro "eu",
Nas definições incompletas, indefinidas, sem rima e sem métrica.
Viso apenas e tão somente a *essência poética*.

Só quero escrever e expor o infinito prazer de exteriorizar
a transitoriedade das certezas.

Sou poeta de momento, na constante inconstância do dia a dia.
Não me preocupa a uniformidade das estrofes, quero apenas a poesia...
Com a percepção de coisas, emoções, que me invadem a alma e deixam-me pensar,
mesmo que enganosamente,
que tenho *alma de poeta na mente*.

Fiquei

IVONE ZANELLA CORDEIRO

Fiquei, pós-vendaval, porque me senti amada.
Fiquei porque o coração me convenceu.
Porque o abraço me acolheu,
envolta em ternura e carinho.
Fiquei porque venci medos, intromissões e invejas.
Resiliência...
Fiquei, com olhos de ressaca, mesmo não sendo Capitu.
Porque venceu o amor que há em minha essência.
Fiquei porque a vida é círculo e não retas.
Fiquei porque olhei nos seus olhos e vi coisa bonita.
Fiquei pelo presente que ganhei no labirinto da vida.
Não há linguagem que defina sentimentos, porém, com todas as letras,
em todas as línguas, quero dizer: Eu te amo.
Nosso amor é mais profundo que o oceano,
nenhuma reviravolta poderá mudar meus anseios.
Superamos intrigas, encontramos meios
e permanecemos juntos,
não pela beleza, inteligência, ou condição financeira.
Amo o ontem que deixou dor e alegria.
Amo o hoje que já é outro dia
e me esparramo em sentimentos...
Amo o que foi e voou e o que não foi
e ficou, porque é meu!

Reflexos

MÁCIO MACHADO

Muitas luzes luzindo ao infinito
As sombras estão por toda parte
Dentro e fora em frenético movimento de vai-e-vem
Descuidos e atenções, consciência e inconsciência
Matéria-prima de todo ser humano
Tristezas e alegrias, felicidade e infelicidade

Dança da ciranda dos sonhos vaga-lumes mágicos
Estrelas que dançam em uma alegre melodia
Seus beijos ardentes feitos de luz e brilhos
Cintilam pela noite na escuridão
Quando a lua cheia já se foi

Ecos de silêncio ecoam na imensidão
Como estrondos de dinamites
As batidas do coração no ritmo da saudade
Ondas gigantescas embalam na rede com cantigas de ninar

Reflexos, reflexos, reflexos
Quanta luz! Tanto brilho! Breu!

Apenas representações do que se viveu e do que se inventou
Mito e realidade! Tanto faz!
Se fundem, se fundem, se fundem
Simbiose de contrários

Sem a liberdade de ir e vir
Poucos somos, se somos ou nada somos
Reflexos?!

Contradições, conflitos e dúvidas

MAGNO DIAS

Estás cansado da batalha
Bem sei que não é fácil lutar
Também sei que o amor nunca falha
Mas a busca por ele pode machucar

Mas pensar que está em crise
Aquele sentimento que poderia salvar
É o mesmo que estar ao relento e sem marquise
Para sob a sua sombra poder se abrigar

Às vezes, o desânimo profundo te cerca
Impulsionado pelo tempo que aperta
Suga suas forças, te molesta
Retirando de ti a esperança que resta

Mesmo sendo situação recorrente
De altas e baixas, coragem e medo
Toda vez que está presente
Traz consigo ao peito um desejo

Solidão de um estranho tipo
Que vive num confronto
Deseja muito alguém: um sonho bonito
Mas quando chega perto, tem medo do encontro

Precaução exagerada?
Traumas da batalha passada perdida?
Resistência demasiada?
Me diz: Quando se abrir para a vida?

O dia mau

MAGNO DIAS

Às vezes não se tem força
Nem para se fingir de forte
Dói tudo, dói tanto e esforça
O coração a pulsar no ritmo da ânsia da morte

A sensação de estar perdido
No mais profundo espaço infinito
Rodeado de gente, mas aflito
Cercado de um vazio maldito

Situação daquele tipo
De ter pena de si mesmo
Ao se encarar e contemplar o viso
Triste dos próprios olhos no espelho

Refletido nas janelas da alma
Eis o sentimento de tristeza tal
Por onde o coração comprimido deságua
A tempestade interna do dia mau

O plano do passado fracassado
O sonho do futuro incerto
Fazem a visão de um presente embaçado
E preenche de ausência o vazio interno

Na vida de todos chega o dia mau
Dele ninguém pode escapar
Preparar o espírito é fundamental
Contra o impacto que ele irá causar

O amor

MAGNO DIAS

O amor é as flores
Mas também está no ar
O amor é o teu sorriso
Como é bom poder te amar!

O amor é a alegria que está no seu olhar
O amor é o mundo e tudo que nele há
O amor é forte, nos faz perseverar
Sentimento tão lindo que em nosso peito está!

O amor está no vento quando bate no teu rosto
O amor está no ar
Por que se nele não estivesse o amor
Como iria eu te respirar?

O amor está nas rosas que cobrem o jardim
O amor está no teu sorriso quando o mostras para mim
Afinal, se amor não fosse verdade
Como poderia eu te amar assim?

Janela do coração

MAGNO DIAS

Abro minha janela
Estou a te esperar
E nesta janela, em quem espera
Está um coração a pulsar

Observando o horizonte
E vendo a luz que a entrar está
Pergunta pra si mesmo: De onde?
De onde será que virá?

Alguém de lá se aproxima
Uma oportunidade chegando?
Quem espera se anima
Sem saber se rindo ou chorando

Aumenta a expectativa
Boa nova, talvez?
Será que o sonho criou vida?
Será real ou insensatez?

Cai a noite e você não chegou
A janela, tive que fechar
Mais uma noite sozinho passou
Quem esperava ver você se aproximar

O sol se pôs, o céu a estrelar
Mudou-se em inverno a estação
E agora só resta esperar
A primavera entrar no coração

Fazendo poesia

MAGNO DIAS

Sim, eu faço
E nunca desfaço.
Uma vez feito,
Nunca desfeito!

Eu faço poesia
Quando me vem INSPIRAÇÃO.
Sim, só faço
Com essa condição!

Sim, se eu faço,
Falo, desabafo e expresso o poeta
Que há dentro de mim.
E assim eu faço e nunca desfaço!

Sim, eu faço poesia;
Mas quando a INSPIRAÇÃO vai embora,
Como agora,
Eu largo a caneta. Fazia!

Doutor poeta

MALDIRENO FRANCISCO DE ALMEIDA

Quando nasci, Deus disse:
— Poeta serás.
Mas meu pai, teimoso que só,
Tinha outros planos, vai ser doutor e ponto final.
A caneta é bem mais leve que uma enxada
ou volante, dizia.
Queria realizar em mim um sonho que era seu.
O tempo passou, a caneta é meu instrumento
De trabalho.
Não escrevo atas, nem receituários.
Escrevo poesias.
Desculpa, pai!!!

A florzinha amarela da cova 922

MANUELA ROMEIRO

Despertei em um cemitério, sujo além da visão,
Com olhos embaçados, uma visão de solidão.
Uma florzinha amarela na cova 922 a brotar,
Indaguei-lhe sobre sua pureza, num lugar a desolar.

"Como pode, flor tão pura, neste solo hostil crescer?
Num terreno corrompido, como pode florescer?"
Refletindo os raios solares, a pequena me ensinou:
"Da morte, vim; para a vida, um dia partirei", proclamou.

"Dos solos ásperos, outras flores emergirão,
Ingênuas da decadência, da existência, não terão noção.
Somos delicadas, na ignorância da nossa gênese,
Brotamos, florescemos, na terra, nossa síntese."

Concreto

MANUELA ROMEIRO

Heráclito uma vez disse, no rio, a água flui,
"Ninguém se banha duas vezes", seu ensino construi.
Assim me sinto, não em rios, mas em concreto a andar,
A cada passo que dou, a mudança vem me abraçar.

"Imutável" me assusta, me faz tremer,
Sou dual, em que pele hoje irei me envolver?
Vestirei com enfeites, ou trapos a desbotar?
Caminho no concreto, deixando meu ser se alterar.

Desde que comecei estas linhas a traçar,
Mil passos dei, e já não posso me identificar.
Como o rio que nunca é o mesmo, eu mudo sem parar,
Já não sou quem era, no concreto a caminhar.

Reflexões entre a vida e a morte

MARCELO MARTINS DE LIMA

Uma flor à beira do riacho, raízes molhadas e total exposição a um sol que traz vida.
Uma brisa perfeita e, ainda assim, você continua a morrer.
Ela espera pela morte se sentindo já sem vida, mas ainda existe vida diante da sua morte
Seria azar ou sorte viver uma nova vida ou morrer na sua morte?

O dia em que o amor morreu!

MARCELO MARTINS DE LIMA

Você já sentiu o peso de um eu te amo?
Ele te quebra por inteiro sem te desmontar
Parece que todos os problemas são elevados a zero
Parece a forma mais simples de uma equação
É sentir as vibrações do coração além da batida
É como se a palavra viver amedrontasse qualquer coisa além da vida
Vida vivida sem garantia. Você mal percebeu, mas hoje pode ser o seu último dia.
Você já sentiu o peso de um Amor falido?
Você desmonta, remonta e monta de novo
Se sente quebrado, tentando se remontar
Parece a pior fórmula das equações pois conta já não bate igual ao meu coração
E hoje a palavra morte me pareceu tão amiga Me fazendo até mesmo me esquecer da palavra vida
E me trazendo uma doce ilusão de que em qualquer momento vai me curar a ferida

Luz da vida

MARIA DE LOURDES RODRIGUES VELOSO

Sinta a luz da vida
Penetrando em seu ser
Com muita alegria e harmonia.
Que a energia positiva
Engrandeça o seu ser
Te demonstrando gradativamente
Como é maravilhoso viver!
Não deixe que os dissabores da vida
Sejam empecilhos para fortalecer a sua jornada
Sinta-se feliz!
Por ter a dádiva de viver!
Faça cada dia da sua existência
Um dia de paz, amor e sabedoria
Um dia plenamente abençoado
Contemple os primeiros raios solares
Sinta cada dia como um dia especial
Um dia agraciado pela luz divina
E encante-se pela vida
Que será adornada
Carinhosamente de laços afetivos
Dias que não serão os mesmos
Pois serão regados de ternura infinita
Aquecendo o coração de pura alegria!

Liberdade e cárcere

MARIA JOSÉ DO NASCIMENTO

Hoje novamente vi pássaros, Borboletas,
Ipês tingidos de amarelos e roxos.
Ou seriam rosas e azuis?
Boa prosa tive com grande amiga!
Mas o coração ficou angustiado, cheio de contradições.
Ah! Há surpresa do que fazemos no rompante?
Qual julgamento faríamos das justiças e da ética
no limite tão duro e tênue entre liberdade e cárcere?
Há espaços para o pensar, o fazer e o julgar?
Mas quem viu e viveu, chora, lamenta e bate no peito.
A mãe, o filho, o elo que os liga.
A dor dilacerante de quem perde, muda de vida e encarcera a vida.
E a grande questão brota:
Como continuar a viver e seguir?
Não há mais a filosofia das figurinhas! Há dor!!!
Insuportável dor! Morte em vida! Vida em morte!
Como dói! Doeu em ti... Não doeu em mim.
Mas consigo calcular... É dilacerante.
E no momento... Esperar que um dia passe e liberte
Dentro do cárcere externo ou escandalosamente interno.
Deus te livre. Deus me livre.
Somos, todos, culpados e cúmplices
E... ninguém está imune...

O grito da alma

MARIANA MORAES

Vivi olhando para trás
E não conseguia ver
Quem eu era de verdade
E o que me mantinha de pé
Será que era a minha fé
Até que cansei de ser
Um ser assim tão sem graça
Busquei por dentro de mim
A força de que eu precisava
Era tudo o que eu desejava
Encontrei no fundo da alma
Um coração que pulsava
Gritando com toda sua força
Pedindo pra ser renovado
Só assim me senti amada
Essa busca me fez tão bem
Sou mais de mim e por mim
Viverei para sempre e assim
Gostando de ser quem sou
Uma mulher de alma lavada

Ao despertar

MARIE OLIVEIRA

Tão louco pensar no quanto você domina minha mente!
Tão louco que sonhei contigo umas três vezes antes de te conhecer... ou reconhecer.
Em nenhum pude recordar os devaneios. Mas, após todos, eu acordei cantando "Um sonho". Quisera eu que você também tivesse sonhado e pudesse me contar com detalhes!
Talvez eu não consiga lembrar o sonho porque a realidade conduz o objeto da vontade. E no dia que me mandou aquela mensagem, eu não acordei cantando "Nação Zumbi".
Mas me antecipei em tudo, corri o dia com a necessidade inadiável de te ver. E te garanto: Eu te mandaria a mesma proposta!
Desde então, não sei mais o que difere "sonho" de "realidade"... nem "devaneio" de nosso "encontro", ou tudo só pra viver um "reencontro".

A prece

MARIE OLIVEIRA

Alguém me socorra!
Pois perdi minha capacidade de chorar.
A terra umedece, mas os lençóis por ali já não correm mais.
Oremos para que não tenham secado.

Alguém me socorra!
Pois nunca mais um olho d'água.
E se mudaram o seu curso, para onde seguem agora?
Por onde seguem?

Alguém me socorra!
Pois já nem céu, nem dilúvio.
Pois já nem broto, nem sombra.
E Deus, que deixei que fizessem da terra onde habito?

— Deus, me socorra!

Dedo de Deus

MARIE OLIVEIRA

Diga-me como se sente ao acordar todos os dias com Deus a contornar a perfeição?
Eu daqui me pergunto como podem dois extremos se atraírem pela mesma alma. E então, só depois declinarem na tua pele...
Deus, por ser Deus... te molda em formas que eu, por ser quem sou... não me contento em só tocá-las
... tenho que, por fascínio, provar! Um agridoce sutil... Tão leve quanto o teu calar.
O branco quase celestial do teu corpo bambeia minhas pernas... a noite dos teus pelos me rouba a "salvação".
E tão mais que tua matéria, o teu intelecto me dá um desejo de te estudar por horas! Parece fanatismo... em suma, encanto.
Não duvido de sua descendência. Certamente um herdeiro de honra, cavalheirismo, estratégia e força.
Deus e eu sabemos o quanto Ele estava inspirado! Entretanto, agora me vanglorio de saber teu gosto.
Ainda louca na beleza dos teus pés! Deus e eu sabemos a sensação de tocá-los. Ele com as mãos... eu, a boca.
O teu cabelo tem a leveza de uma nuvem! Quase fui ao céu quando beijei! Agora, Deus se vangloria por morar lá.
A maciez da tua mão me desarmou de modo que nem sei! Para sentir o atrito teu em mim, apelei.
Apelaria por mais quantas horas fossem!

Inverno

MARILU F. QUEIROZ

Nesse inverno de úmidas paragens,
cinzas ocasionais teimam em aparecer...
Aleatórios e frios são os tons das imagens,
que surgem para todo o céu escurecer.

Se desfazem nas cores sazonais,
que apartam as sutis tonalidades...
Dos sóis corados, tão excepcionais,
desse inverno cheio de peculiaridades.

Toda vez que o inverno me seduz
e questiona seus íntimos valores...
O meu temperamento me induz
a adicionar mais vida às suas cores.

Nesse inverno de cinza azulado...
A minha imaginação sempre perfaz
os caminhos tonais, lado a lado,
onde toda a imensidão se desfaz!

Para Cora, de tua pupila

MARINA ARANTES

Quero pedir licença para te homenagear.
Fui tomada por tua poesia e agora sigo... rendida!
Tuas pedras e tuas roseiras
agora figuram como cartilha
todo dia!

Recomeçar
com doces. Todo dia?
Fazer dos doces tua poesia,
ou minha poesia,
agora nutrida e pupila
de Cora Coralina.

Canção de amor

MARTHA CARDOSO

Meu corpo reluz, cintila por dentro,
passa despercebido pelo mar sereno.
Entoa a voz para longe
a canção se faz ouvir...
Meu clamor é por você, sentimento maior
que não se esgota, nunca se esquece.

Hoje pulsa em mim a coragem
antes adormecida.
Sou sonhadora e incrédula,
mas o que sinto resiste ao tempo.

Distante do silêncio que me cala,
quero ouvi-lo mais uma vez, senti-lo ao meu lado,
amar e ser amada, ainda que somente em pensamento.
Imprópria seja a razão que nos afasta,
esvazia os sonhos de outrora,
recria novos sentimentos.

Não confundo razão com emoção.
Acredito no amor, e em meu sonho
você está presente, feito uma canção
que não abandona o pensamento.

O voo fatiado

MAX RAPOSO

De um lado da autoestrada, Garças sobrevoavam a grama que bordeava as margens dos Campos; do outro lado, um trem percorria os trilhos sobre os dormentes. Uma fina camada de poeira rodopiava em espirais, formando colunas de luz que flutuavam em minúsculos grãos entre as árvores, através das quais a paisagem era vista como um filme transmitido por um velho projetor. O céu permanecia límpido como se tivesse sido pintado sobre um azulejo. O sol brilhava semelhante à gema amarela de um ovo. Eu observava tudo ao redor — o trem, as garças, os campos — mas havia algo que também olhava; sem olhos nem boca, a morte surgiu em silêncio, como um vento que chega e lambe as folhas: enquanto aves de rapina descansavam sobre linhas de transmissão, um Martim-Pescador de repente acertou um caminhão de cargas como garrafas que estilhaçassem no solo. Parei próximo a árvores que pendiam com o vento, as folhas caindo, girando em silêncio. Onde antes não havia nada, surgiu uma cicatriz viscosa, retorcida do voo abatido, decepado — o voo-absurdo —, como se pintassem a facadas sobre uma tela de Monet, o mistério de quem sonha com as árvores, o mistério das ramagens balançando. Existem cemitérios escondidos, mortos que caem do céu como lençóis. Intangível e obscura, a morte é como um chapéu andando sem cabeça, um gancho procurando o que pendurar. Não saberia descrever o espanto ao ver a carcaça imóvel, daquilo que pouco antes voava, com seu punhado de penas e um bico inútil, numa cena que poderia ser de Bosch como os restos de uma janta. Como um selvagem que sacrifica seus cordeiros, a Máquina do Mundo observava indiferente, com suas mãos de pedra — aquela coisa primitiva e ritualística deu de ombros, aceitando meu espanto sem comentários. Esperando algo surgir — o deus de amor se manifestar na carnificina —, tentei examinar cada coisa destroçada, cada pedaço sem nome, como quem procura as partes de um vaso partido: a carne revirada — uma roupa que se dobrou pelo avesso —, as asas como papéis que o vento carregava; mas eu não podia ver além de cada pequeno pássaro espalhado, e em parte alguma haverão de encontrar as memórias de uma ave, ou uma nota sequer em nossos necrológios, nenhuma menção à sombra das asas sacudidas pela fúria, e se um dia alguém perguntar, direi que foi esquecida, como uma oferenda de sangue a um Deus desconhecido. E como um poema recém-feito sobre a Beleza que fora rasgado ao meio, ali ficou, numa lama escura, com os abutres que vinham farejar em volta de sua ossada, sangrando em seu sepulcro, o asfalto.

Alma escrita

MEL DE ABREU

Sou acalento da alma, refúgio da normalidade
Às vezes, remédio que acalma, caminho de fuga
Que por meio da realidade, se abriga nas palavras
Eu sou expressão, em busca da verdade
Felicidade lida e vivida, ora manifestada
A visão de mundo, revelada no prisma
A experiência da vida, pela subjetividade
Sou palavra solta no espaço, um perfume a exalar
Às vezes, sou assíduo estudo, ou um triste sangrar
O que sou, nem preciso explicar
É um querer e existir, um entender sem falar
O mais sublime sentimento manifesto aqui dentro
Onde não precisa descrever, apenas expressar
Sou Poesia proferida, lida, sentida
Na intensidade de meu ser, sou alma escrita
Que traçada pelas linhas do tempo
O universo, em seu amor, apenas me sentiu
E por sua inspiração, teve vontade de me escrever

Quando eu perdi a poesia

MURICI CRISCUOLI DO PRADO FLORES

Já amei muita gente
Até quem não sabia que eu existia.
Não escolhemos o que se sente,
Muitas vezes nem é amor, mas alquimia.

Amei muita gente,
Às vezes só porque eu queria,
Ciente do risco que eu corria
Quando a recíproca não existia.

Outras vezes foi só por uns dias,
Tudo a que me reporto é só alegria,
De tão efêmero, é inevitável a nostalgia.
Ah, que saudades dessas magias!

Que ironia!

Mas o pior mesmo foi amar quem só fingia,
Amor sem empatia,
Amor que só mentia,
Para essa dor não tem anestesia!

Te queima dia após dia
Até perderes a poesia
E te põe cativo
A implorar por alforria.

Ostras

NATÁLIA GABRIELA BORATTI

As feridas que cicatrizam
São como marcas de vitória
São como pérolas nas ostras
Que contam sua história.

Pérolas têm valor
Assim como suas lutas
Na defesa das ostras
Elas surgem absolutas.

Não jogue pérolas aos porcos
Mesmo se achar conveniente
Dê ao mundo o que é do mundo
E vai seguindo em frente.

Todos tem seu jeito peculiar
De caminhar na vida
Todos tem sua história
Mesmo se não achar merecida.

A resposta das ostras
É um ensinamento pra gente
Um tesouro formado pela adversidade
Capaz de curar um coração doente.

Meu cantinho

NEUSA AMANCIO

o sol por de trás dos montes,
vem surgindo amarelinho.
já ouço o cantar,
dos pequenos passarinhos.

as flores que no jardim desabrocham,
exalando seu perfume.
fica tudo colorido,
enfeitando o dia de cores.

no riacho suas águas,
correm bem, correm bem devagarinho.
tão límpida e tranquila,
vai abrindo o caminho.

a natureza é perfeita,
isto eu posso dizer.
ela é quem me sensibiliza,
para meus poemas escrever.

não deixo este meu cantinho,
de tranquilidade e beleza.
aqui tem tudo o que quero,
aqui mora minha riqueza.

Saudade!

NEUSA AMARAL

Guardo em mim infinita saudade,
De um certo Dia dos Namorados,
Em cada objeto um recado:
Recado que somente tu poderias atendê-lo.

Guardo em mim saudade sem fim,
Do muito que não vivemos, porque não foste
A encontros prometidos: Vale do Sol,
Show Roberto Carlos, L Neiva, F. Ópera, entre outros...

Guardo em mim certa inquietude:
Por que brincaste com meus sentimentos?
Atitudes que não condizem com tua pessoa.
Desagrada a Deus, à Nossa Senhora magoa.

Guardo para ti sincero perdão:
Quantas idas e vindas em vão!
Restam-nos saudade imensurável!
"Aonde tu andavas, enquanto eu te procurava!?"

Alento

PATRICIA NOGUEIRA GOMES

Não é sentir, mas acreditar
Crer na providência que desafia a inteligência
E nos faz pensar...

Pensar nos planos, refletir nos projetos
Por vezes tão claros, outras tão raros
Mas todos concretos...

Concretos por serem palpáveis, por serem possíveis
Reflexos da fé que espera, da fé que não exaspera
E gera colheitas incríveis...

Incríveis por serem divinas, frutos da sensatez
Nascidas da razão, contrárias à emoção
Consequências da lucidez...

Da luz que tudo revela, que a todos orienta
Que nos faz pensar, que nos permite realizar
E faz cessar a tormenta...

Ah... o tempo! A razão, a fé, a sabedoria, o entendimento
Pilares do meu sucesso
E razão de meu alento...

Alma faminta

PATY FROELICH

Tenho fome das palavras que ainda não fizeram a passagem
do imaginário para o concreto
das expressões que ficaram no mundo das ideias

Tenho fome do que ainda não foi escrito
Fome do não dito

Minha compulsão é etérica, só lhe falta palavrear...

Hoje minha cabeça já despontou a dor
Mas amanhã cozinho novamente meu querer

Há de chegar o dia de saciar as fomes do mundo
sublimadas e pragmáticas
Existem fomes que ainda não têm expressão falada, escrita,
desenhada ou declamada

E você, qual sua ânsia?
Me diga: do que sua alma anda faminta?

Pulsão, paixão, coração, emoção, explosão, sensação,
obstinação
Escolha já: cri-ação ou inanição?!

Que este escrito fomente seu querer, pois nossa alma não pode
mais padecer!

Sede de ti

PEDRO DOS SANTOS RIBEIRO

Minha'alma, ó Senhor, tem sede de te amar,
Meu coração tem sede do teu amor,
Minha vida é um vaso infinito
que só pode ser preenchido pelo o teu Espírito,

Meu amor é uma pétala do teu jardim,
Sou uma flor que precisa ser regada,
A Tua essência em mim é sinal de pertença em sua vinha,
Embebido do teu Espírito, serei o amor e o perfume
Que só quer amar e ser amado.

Sem o Teu amor nada sou!

Por isso vos peço, me ensina a te amar, ó Senhor!
E conduz a minha vida para permanecer em
Teu Jardim,
E para sempre exalar
O Teu perfume.

Santidade

PEDRO DOS SANTOS RIBEIRO

Parece algo distante, surreal
que é impossível de alcançar tal graça
vivendo neste mundo tão turbulento,
como um furacão e feroz como um tornado,
levando a vida agitada, sem rumo

tal qual é o homem que se deixa conduzir
pelas veredas deste mundo

que nos caminhos da modernidade percorre a vida
sem olhar para o horizonte e enxergar, no além,
a porta celestial

mas que cai na porta larga da vida moderna
e nela entram com os olhos obcecados
pelas riquezas e belezas de uma esfera
de falso amor

tal vida moderna é ilusões,
é uma prisão que escraviza o homem
que fica apegado às coisas deste mundo

ah! Tudo o que possui é nada,
tudo é matéria morta que acaba em cinzas,
tudo se vai, mas só o amor fica

santidade é amor
santidade é viver o amor
santidade é ser amor

é uma relação com a trindade.

Refúgio de minh'alma

PEDRO DOS SANTOS RIBEIRO

Minha vida, feito vento,
é um sopro passageiro
que suspira a cada segundo,

meu coração, inflamado de amor,
bate feito o *tic-tac* do relógio,

anseio te encontrar
mais uma vez,

sentir o teu amor
queimar o meu coração
como uma sarça ardente
que me queima sem me queimar
e o meu coração derretido por ti
só quer te amar

não vejo a hora de te encontrar mais uma vez,
cada segundo sem ti
é uma infinidade sem fim...
não vejo a hora de te encontrar
e só te amar

minh'alma anseia por ti,
meu espírito exulta de alegria em ti,
pois tu és o meu refúgio,
o meu amor.

Agora mulher

QUEILLA GONÇALVES

A criança do passado
Na mulher de hoje vive
As lembranças, a saudade
Os dilemas, os deslizes
Os conflitos, os amigos
Os acertos e os erros
A sua convicção
A esperança, a incerteza
Dos momentos que virão
Sua honra e nobreza
A ansiedade do amanhã
Que fascina, que envolve
Impulsiona e encoraja
Que atrai, que a trai
Que convence, surpreende
Que escapa, sem querer
Apontando o agora
Como o tempo de viver!

Protagonista

RAFAEL FARIAS

Se desfaça
Das histórias que você não cabe
Ou vire a página do livro
Do qual você não faz mais parte

Refaça
Novos caminhos
E lembre-se que portas antigas
Jamais levaram para novos lugares

Se desligue
Das velhas histórias
Pois algumas coisas do passado
Não terão mais espaço no agora

Viva o hoje
Pois o amanhã é despedida
E não deixe ninguém viver a sua história
Seja você o verdadeiro protagonista

Acreditar

RAFAELA MARINA

Uma mãe com uma missão
Alimentar anjos com arroz e pão
Com fé mostrou que tudo podia
A um homem que ali na cozinha ouvia

Houve um dia em que o arroz acabou
Nenhuma doação por ali chegou
As crianças pediram em oração
E o arroz brotou de suas mãos

Este homem que fé pensava que tinha
Viu como a vida podia ser mesquinha
Mas aquela mãe acreditava
Muito mais no sonho que ele falava

Então o homem se envergonhou
Por achar que acreditava no que ela o lembrou
Que deveria estar gravado no coração
E não na pasta em sua mão

A mãe e os filhos oraram em agradecimento
E aquele homem por arrependimento
Por ter vislumbrado por um instante
Que sua fé não era constante

Mas que tirou uma lição que não se aprova
E levou aos amigos como uma boa nova
De que a fé sempre se renova

Quando se é posto à prova.

Inquietude

RAFAÉLA MILANI CELLA

Bate à porta
Não quer atender
Mas a insistência é grande
Espia à janela e nada vê
Fecham-se portas
Abrem-se janelas
Dali para dentro nada sei
Daqui para fora o mundo que sabe
A busca constante
Momentos de contemplação
Encantamento
Já não sabe se é, se será
O que se vê, nem sempre se apresenta
Está tão lindo
Continua a observar
Traz o sossego que busca
Em singelo conjunto
De materiais, de cores, de flores, de luzes
Ao admirar um pouco mais
Quase consegue tocar o intocável
O desejável
Continua na busca incansável
De fazer, estar e ser

Sim, sou eu

RENATA LODI

Eu que residia em uma vida simples
Que me orgulhava de tal situação
Eu que tinha um caminho definido
Que sonhava baixo sem muita ambição
Eu que almejava a vida calma e feliz
Que queria receber amor e atenção
Eu que subestimei o amor alheio
Que estatelei e fiquei sem chão
Eu que não queria nada disso
Que precisei assumir compromisso
Eu que fiquei envergonhada
Que só andava de cabeça baixa
Eu que abri novos caminhos
Que chorando encontrei a direção
Eu que não mais me curvo
Que sei bem onde me aprumo
Eu que já não choro mais
Que entendi e segui meu rumo
Eu que me sinto grande
Que agora sonho coisas gigantes
Eu que ainda quero uma vida raiz
Que agora sei que posso eu mesma me fazer feliz

Eu vi

ROBERTA FERNANDEZ

Tenho visto tanta coisa
Desrespeito, suspeito, humilhação
Haverá salvação
Contra aqueles que inventam tudo e não agregam nada?

Apatia, ameaça, apreensão
Alguém se salvará
Do mundo em que vivemos
Com valores invertidos?

Tenho visto tanta coisa
Que me fez chorar
Escrever e rezar

Mas em meio a isso tudo vi muito mais coisas
Amor, ardor, fervor
Acompanhados de um arco de nuvens

Também vi muitas coisas
Alegria, empatia, palavra amiga
Acompanhadas de um lindo jardim
Onde a calmaria não tem fim

Todas essas acompanhadas de uma única flor
Que cresce no jardim
Cercado pelo arco de nuvens
Que habita em mim

Há frio lá fora

RÓDIO

Há frio lá fora, assim como há frio aqui dentro. Fagulhas já não me acendem, e perco calor de uma forma incontrolável... As palavras me atingem como agulhas, fazendo-me sentir em uma geleira de sentimentos.
Há neve lá fora, assim como a neve está aqui dentro. O calor que havia em mim há muito se exauriu, deixando-me gelado como o implacável vento do Ártico...

A frieza lá fora, esta, não a quero deixar vir para dentro. Seu toque acendeu em mim, mesmo em ambiente inóspito. Enfim, encontrei o calor que me faltava, a fagulha reacendeu em meu peito. Incendeia-me, com sua interminável fonte de amor.

O frio lá fora se transformou em calor aqui dentro.

Já não sou

ROGENER SANTOS

Eu digo — quero mudar...
O repetitivo, o conhecido, o previsível
Não responde
as demandas do presente me confundem
Eu digo — quero mudar
Agora dói
A dúvida corrói
Talvez seja melhor voltar
Ao previsível, ao conhecido, ao repetitivo
Descubro no instante
Não há volta
Tudo já mudou
Eu já não sou a que ficou...
Re encontro-me e sigo
A mudança é o caminho.

Envelhe/Ser

ROGENER SANTOS

Amo o tempo que me envelhece

Amolece e fortalece
Desconstrói e refaz
Planta e cultiva
Desabrocha, frutifica
e novo é semente

Amo o tempo que me envelhece

Ora é ventania e furacão
Ou mesmo suave brisa
Brinca de esconde-esconde
Permite coexistências
E quer comunhão

Amo o tempo que me envelhece

Com marcas que trazem tanto
as certezas do passado
E incertezas futuras
Ofertando como presente
A escolha decisiva

Amo o tempo que me envelhece

Resgata liberdades
É fantasia, carícia, delícia
Que dança comigo a vida
Que reza em mim ao infinito.

Nano

RONALDSON/SE

pende a amora
no fino galho
oferece-se à manhã
seu novelo escuro
rubros do rubro
de açúcar e gominhos
ô frutinha
indefesa aos insetos
dança à asa do colibri

balança senãos e sins
o pontinho carmim
minicérebro:
que pensa, que ri?
entre verdes foliares
oferece-se em sacrifício
sua jujuba frugal
à fúria temporal

ঠ

meteoro
nino, pequenino
ao chão
ao formigueiro-carnaval.

Cotidiano

RONI ARAMAKI

Vi uma flor caindo da árvore,
Vi um casal discutindo dentro de um carro no trânsito,
Vi alguns jovens passeando na praça,
Vi um homem e um menino jogando bola.
Cenas do cotidiano,
Vidas desconhecidas e ao mesmo tempo entrelaçadas.
Momentos que acontecem e passam.
E dão lugar a outros momentos...
Nessa maravilhosa roda dançante das nossas vidas.

As coisas estão... simplesmente

ROSANA DE ANDRADE GUEDES

No limbo das horas
passadas
à sombra dos pensamentos
loucos
ternos
espero...

A vida aguarda
a coragem
de me lançar
para o voo.

As asas úmidas
do orvalho
da madrugada
tecida
nos dias vãos.

Quero a calma
quero o frêmito
quero o novo
quero a vida
Urgente!

Marque um encontro com você

ROSANE LANDEIRO

Eu me encontro na simplicidade de amar,
na espontaneidade de sorrir,
na vontade de falar,
no prazer de fazer.
Quando sinto meu corpo dançar, suar,
estou em movimento.
Eu me encontro quando mergulho profundo no mar.
Estou na suavidade dos cheiros, na sutileza do sabor, no tempero natural.
Eu me encontro no desejo dos mais verdadeiros sonhos.
Eu me encontro na singularidade de acreditar e realizar o meu bem-estar.

Sorria para a vida

ROSANE LANDEIRO

Meu sorriso não mente, ele escapa facilmente.
Fiel na timidez e na insensatez.
Eu sorrio na preguiça, na malícia, na impotência de uma cena inusitada.
Riso leve, riso alegre, riso tenso e observador de quem percebe quase tudo ao redor.
O sorriso preenche meus sentimentos mais genuínos, justifica lembranças dos dramas sem sentidos, do choro sem razão.
Sorrio da impaciência disfarçada.
Quando deslocada quero estar descolada.
A maturidade permite rir de mim.
A resposta ao aprendizado pelas experiências ricas se manifesta nos sorrisos espontâneos.
Conquista-me quem tem o carisma estampado no rosto.
Interesso-me pelo riso alheio.
Desperta-me quem espalha e compartilha sua risada.
Encanta-me gargalhadas verdadeiras.
Feliz sigo sorrindo na vida, feliz aquele que dedica seus sorrisos para a vida.

Sobre a flor de laranjeira

ROSE CHIAPPA

Flor despretensiosa, pequenina
— tão delicada que basta uma chuvinha ou vento mais forte para derrubá-la do galho —
Branca. Perfumada. De curta florada (quase um piscar de olhos).
Ao cair, suas pétalas se espalham formando um tapete branco na calçada dura.
Recolho algumas do chão e descubro que elas ainda guardam perfume
Esse perfume adocicado, suave, delicado
que anuncia a primavera
e me lembra que o inverno e o frio irão sair de cena...
Se a Esperança tivesse um cheiro,
certamente, seria o perfume da flor de laranjeira.
Nos dias fugidios da sua floração, eu vasculho o solo em volta das laranjeiras em flor no meu caminho recolhendo algumas pétalas...
(meu tesouro sem nenhum valor nesse mundo regido pela ambição e pela utilidade de coisas e pessoas)
Para meu coração ressequido pelo inverno e saudoso de tardes mornas, perfumadas e luminosas, essas pétalas caídas têm um valor inestimável...
Eu aspiro sua delicadeza doce
e minha alma se enche de Alegria, de Esperança, de Paz...
O perfume me pacifica, me conforta e me lembra que tudo se renova...
E me convida a ter Fé e Esperança — sempre!
Cuidadosamente, guardo as pétalas em meu bolso e sigo o meu caminho ouvindo o alegre canto de um sabiá anunciando a Primavera.

Fica comigo!

ROSILENE ROCHA

Não te surpreendas
Quando ao teu encontro eu for
Quando em tua porta eu bater
Abra, abraça-me com carinho
Uma mulher louca de amor.

Vou no teu recanto
Com um desejo a realizar
Arriscando tudo sem medo
Mas uma linda noite de amor
Contigo quero passar.

Sinto tua falta e não posso deixar-te ir
Quero um beijo, um chamego especial,
No meu corpo sensual, teu corpo sobre o meu,
Teu cheiro sentir.

Desejo teu beijo!
Teus lábios molhados
Sedentos de desejos
Desejando os meus também.

Apaixonada estou sofrendo de amor!
Te quero e não posso deixar-te partir
Sem olhar no fundo de teus olhos
E ter a certeza que estás a fugir de mim.

Águias

ROSIMAYRE OLIVEIRA

Tenho vários pássaros presos
indefesos aqui dentro do peito
sentem fome, sede, desejos

Todos os dias ainda versejam
ansiosos, com asas a postos
apostam em voos que pelejam

Falo-lhes de outros mundos
multicores, sabores, saberes
provoco proposital alvoroço

E depois de muita discordância
sábios, entramos num acordo
acordo, aturdida, naquela noite

A realidade é uma muralha
somente as águias alcançam
a liberdade de sobrevoá-la

O silêncio

SALETE MARIA MATTJE

O Silêncio
Não se interpreta
Deixa acontecer
É a razão de ser

No silêncio
Surgem os sonhos
Acalentam
Revigoram o nosso ser

No silêncio
Ouço meus pensamentos
Eles têm muito a me dizer
Choro de prazer

No silêncio
Surge a vida
Fecundada está
Em breve nascerá

Silêncio
É reflexão
É oração
É Deus presente

Estar em silêncio
É viver intensamente
Tudo se movimenta
Em introspecção

Sem piedade

SAMU FRANCO

Teus sorrisos, em mim, sussurraram desejos,
Versos insanos germinaram em meu ser,
Sementes do mais puro amor,
Em teu coração cultivei, despertando-te.

Nossos corpos se entrelaçaram,
Mistérios desvendaram-se,
Teu colo feito lava a fervilhar,
Sem hesitar, lancei-me.

Nossas línguas, em profundidade,
Lábios e mãos enlaçados,
Pele em febre, sem piedade,
Teus gemidos imploravam por mais,
Devorei-te até a saciedade.

Então, em paz, junto a ti,
Neste mundo finito, morri,
Renascendo para a eternidade,
Assim sonhei contigo,
Assim, matei a minha saudade.

Amor infinito

SAMU FRANCO

Para sempre te amarei,
A cada aurora que surgir,
Quando a brisa me afagar,
Em cada gota de chuva,
Em cada estrela reluzente,
Nas canções de amor a soar,
No florescer de uma nova flor.

O teu simples olhar, amarei,
Quando teu sorriso surgir,
Ao ter-te perto a mim, ao te sentir,
O teu aroma, inundando-me,
Ao estar ao teu lado, me encantarei,
Aceitando-te sem pesar,
Mesmo se nada quiseres falar,
mesmo senão quiseres abraçar-me.

Te amarei agora, no hoje e no amanhã,
A cada segundo e minuto sem fim,
A cada hora que passa, com carinho, calma e graça,
Mesmo a distância, com lágrimas caindo,
E meu coração sangrando, por vezes, partido,
Porque te amar é o meu único caminho,
Por ti meu amor é infinito, amar-te é meu destino.

Pequeno grande príncipe

SANDRA MEMARI TRAVA

Esperado por muitos anos...
Nosso pequeno grande príncipe,
chegou de surpresa
sem mandar um recado!

Com amor e felicidade,
Foi gestado dia a dia!
Nossos corações sorriam...
E se enchiam de paz e harmonia!

Cabelos encaracolados
cor de mel...
Personalidade forte...
Birra faz... para conseguir o que quer!

Sorrir...
só às vezes
Adora um carinho e
Ser mimado assim...

O tempo passou rápido demais
E seus olhinhos brilhantes
Como estrelas cintilantes
Nos cativou eternamente...

Hoje em seu primeiro aninho
Queremos dizer pra você
Espalhe amor e alegria
Em todos os corações...

E que sejas para sempre...
O nosso pequeno grande Príncipe!

A rosa

SÍLVIA LALLI

A rosa desabrocha ao toque do cultivo,
Todo amor furtivo é semeado com cuidado.

A chuva dá frutos, aos enamorados dá lucros,
Pois floreia mais rápido os campos e pastos.

As flores que os amantes carregam nos braços,
No desejo afoito de entregá-las às amadas,

Levam as gotas das palavras cantadas,
O cheiro das mais variadas formas de amar.

Querer

SUAMID MILEN

Tudo que eu mais quero
É encontrar uma forma pra te esquecer
Pois meus pensamentos são como as ondas do mar...
Vão e vem... a todo tempo,
Me fazendo lembrar de você.
Lembro-me de cada detalhe tudo que vivenciamos.
Pude sentir a tua intensidade no abraço, no beijo, no desejo...
Nos teus braços, encontrei paz e aconchego..
No teu corpo, encontrei o encaixe perfeito!
Aprendi a te admirar, te desejar, te querer...
Tu me levaste ao céu e me fizeste viajar
Sem que fosse necessário eu sair do lugar..
E agora vivo nessa angústia,
Querendo não te querer
Empenhando-me a acabar com esse sofrer.

Em exposição

SUÊNIA LIVENE

A externalização dos sentimentos é uma ação,
que aflora a cada estado de (in)quietação.
Na indistinção de tempo e razão, apenas,
em exposição.

Por um coração a palpitar novas emoções,
por um olhar a fitar lúdicas confissões ou
por um desejo a entreter a razão:
em pleno estado de implosão.

Indeterminado seja o término dessa mutação,
porque ressalta a perfeita querência
dos ilusórios prazeres, dos sins e dos nãos.

As belas tristezas diminutas de cada dia
remodelam as imperfeições, os anseios e as omissões.
Nesta contínua lacuna de êxtase em exposições...

Veremos!

TERESA BZ

a primavera, pensando-se um verão,
não viu que vimos que era demais
a sua temperatura distopicamente quente
torridamente verás, então,
só a veracidade da confusa brisa

minha terra, Pira(tininga),
errática em sua humanidade,
errou-se de estação e o deus tempo
botou para in(f)vernizar o climão quente
que se instalou
o in(v)ferno, outrora disse o filósofo, "são os outros"...

a primavera, digo euzinha,
tem rima dentro, em si,
e tem ímã e tem era e, de trás para frente,
tem também ar e, por isso tudo,
ainda flores, veremos polinizar
a híbrida vida espírito-corpo
primaverizando...

Flor-esta: mulher!

TERESA BZ

mulher é flor-esta!
é fruta, é luta
é festa, é fonte
é força — já disse o poeta

mulher é cor carmim
é cor de vida
é vida com eira e com beira
mulher é tudo que se queira

mulher rima com o que ela quiser (se ela quiser!):
colher, acolher, escolher...
é sempre e muito bem-me-quer
é poder, é prazer, é querer

mulher é entender sem nem mesmo dizer
mulher é alvorecer sem sequer anoitecer
mulher é dona, é selva, é seiva
arvoredo, bosque, natureza:

mulher   é lua cheia
                 é dilúvio, é mar
                 é montanha, é terra
                 mulher é todo o mistério da sina!

Prismas

TERESA BZ

são estrelas que invadem o espaço dos meus olhos
modificam a dimensão do brilho
que existe em cada fresta do impossível
e que me impelem a desajustar
tudo aquilo que é considerado perdido

e é assim que amanheço todos os dias
acreditando nos avessos,
nos opostos,
no inacessível
e apostando no absurdo entre as penumbras

O hino do samba

THAMIRES BORGES DO NASCIMENTO

Samba, o meu lugar é no terreiro,
dançando com o batuqueiro,
cantando para mamãe Nanã.

Samba, a Alma Negra que liberta
a energia da tua terra.
Nos meus versos, vou te exaltar.

Samba, que o ritmo sustenta
num compasso que alimenta
a alma de todo sambista.

Samba, como é boa tua energia,
encantas tua gente,
faz mais feliz os dias.

Samba, tua harmonia e melodia
pelo ar contagia
a alma brasileira que dança.

Samba, como é bom ser brasileiro,
como é bom ser batuqueiro,
como é bom ser sambador.

Ai, como é bom dançar um samba,
como é bom fazer ciranda
nessa roda, meu senhor.

Samba, tu levantas o cheiro da terra
enquanto o pé toca o chão,
o batuque entra certeiro e faz bater o coração.

Obrigado, meu senhor, por ter me feito brasileiro,
por ter me feito batuqueiro,
por ter me feito sambador.

Saudade repentina

VALDIMIRO DA ROCHA NETO

Faz exatamente dois minutos que você bateu a porta.
E, como a noite, desapareceu ao raiar do sol.
Pus-me a pensar no cheiro de orvalho de seu cabelo,
Das sinuosas curvas corporais em minhas mãos,
Das palavras sussurradas em meus ouvidos,
Do calor de seu corpo derretendo meu coração,
Do suor molhando os lençóis,
De sua boca na minha,
Da insignificância do tempo diante de nós.

Que solidão é essa que me esvazia a alma?

Sinto ódio de mim por tanto te querer assim...
Por te deixar partir sem mim,
Por não te ter em meus braços sem pressa novamente,
Por não poder repetir aos berros que te amo,
Pela covardia que habita em mim,
Por não abdicar da utopia familiar por nosso viver,
Por saber que o tempo, sem ti, atormenta-me.

Paro, respiro, desacelero o coração, abro os olhos...
Percebo, rapidamente, que não sou eu mesmo.
Tornou-se impossível fugir dos braços franzinos
e de pelos dourados que reluzem a entrega,
Daquela que, ardilosamente, cativou meu coração.
E mantém-me em uma deliciosa e viciante prisão.

Migalhas

VERA OLIVEIRA

Na boca o resto do gosto amargo do álcool
Na mente a dor lancinante da ausência
Já se passaram tantas segundas e muitos sóis
Mas o seu fantasma ainda insiste em retornar

Às vezes é um pesadelo na madrugada
Outras, uma ideia fixa que não quer sumir
Nem as conversas com as meninas
Aliviam essa perseguição alucinante

Pra que pensar, pra que sonhar?
Se for verdade, eu sei... você não vai voltar
Mas vou viver catando cada migalha do seu amor
Porque é assim que ainda insisto e sobrevivo

À noite o cheiro dos lençóis se mistura ao da catuaba
Fotos e recordações estraçalham minha saúde mental
Por dentro me rasgo inteira e, gritando calada, repito
Quero-te, meu amor, novo e de novo

Namorados

WEVERTON NOTREVEW

Que os casais possam viver
Um dia de cada vez
Na mesma alegria do primeiro Encontro.

Que o namoro dure para sempre
Mesmo com toda e qualquer
Dificuldade, que não seja
Somente uma fase.

Que seja eternizado
A troca de olhares
O amor à primeira vista
A sensação do primeiro beijo.

O namoro poderia ser a
Definição dada aos casais
Que se encontram e se
Enamoram.

Namorar é amar
Amar é namorar
Quando se amam
O amor-próprio é transformador